KB114911

북검전기

新무협 판타지 소설

우각

新무협 판타지 소설

FANTASTIC ORIENTAL HEROES

북검전기 4

우각 新무협 판타지 소설

초판 1쇄 찍은 날 § 2015년 1월 21일
초판 1쇄 펴낸 날 § 2015년 1월 29일

지은이 § 우각
펴낸이 § 서경석

편집부장 § 권태완
편집책임 § 박은정
디자인 § 신현아

펴낸곳 § 도서출판 청어람
등록번호 § 제387-1999-000006호
등록일자 § 1999. 5. 31
어람번호 § 제2-2564호

주소 § 경기도 부천시 원미구 부일로 483번길 40 서경B/D 3F (우-) 420-822
전화 § 032-656-4452 팩스 § 032-656-4453
http://www.chungeoram.com
E-mail § chungeorambook@daum.net

ISBN 979-11-04-90079-2 04810
ISBN 979-11-316-9283-7 (세트)

4

북검전기

우각 新무협 판타지 소설

FANTASTIC ORIENTAL HEROES

도서출판 청어람

目次

1장

은원의 탑은 끝이 보이지 않을 만큼 높기만 하다

백일창(百日槍)—창을 익히는 데 백 일이면 족하고,

천일도(千日刀)—도를 익히는 데 천 일이면 족하고,

만일검(萬日劍)—검을 익히는 데 만 일이면 족하다.

그러나 사람을 죽이는 방법을 익히는 것은 단 하루면 족하다.

강호(江湖)란 그런 방법을 아는 괴물들이 득실거리는 곳이다.

당미려가 흔들리는 눈으로 남자가 내민 손을 바라봤다.

남자의 손이라고 믿기지 않을 정도로 선이 고우면서도 상처 하나 없었다. 여인의 섬섬옥수라고 봐도 무방할 정도였다. 하지만 남자의 손에서는 여인이 갖지 못하는 강한 힘이 느껴졌다.

수많은 시련을 견디고 이겨온 자들만이 갖는 연륜과 단단함이 마디마디에 배어 있었다.

남자가 다시 말했다.

"타십시오."

남자의 목소리에 당미려가 자신도 모르게 그의 손을 잡았다. 남자는 당미려와 당기문을 동시에 끌어올려 자신의 옆자리에 앉혔다.

　"고, 고마워요."

　당미려의 목소리가 절로 떨려나왔다.

　"고마워할 필요 없습니다. 당연히 해야 할 일이니까요."

　대답을 하는 남자는 진무원이었다.

　그의 표정은 더할 수 없이 딱딱하게 굳어 있었다. 그런 그를 향해 종리무환과 철기당이 다가왔다.

　"무슨 짓입니까?"

　종리무환이 진무원을 무섭게 노려보았다. 그것은 철기당의 무인들도 마찬가지였다. 그러나 진무원의 표정에는 한 점의 흔들림도 존재하지 않았다.

　"왜 허락도 없이 그들을 태웁니까? 방금 전 이야기하는 것 듣지 못했습니까?"

　"똑똑히 들었습니다."

　"그런데도 그들을 태운단 말입니까? 당신이란 사람은 도대체……."

　종리무환이 피가 날 정도로 입술을 깨물었다.

　진무원을 바라보는 그의 시선에는 은은한 살기가 담겨 있었다.

도무지 통제 불가다. 이런 단체 행동에는 모두가 뜻이 맞아야 한다. 설령 약간의 불만이 있더라도 묵묵히 참을 줄 알아야 하고, 어느 정도의 손해는 감수할 줄 알아야 한다. 그것이 집단을 이루는 힘이고 응집력의 원천이다.

그런데 진무원은 그런 금기를 번번이 어기고 있었다. 그의 일탈 행위는 일행의 안전에 심각한 위협이 되고 있었다. 이제는 도저히 좌시할 수 없었다.

"그들을 버리십시오. 그들과 함께 있으면 전체의 안전이 위험합니다."

"종리 부당주의 말을 듣게."

공진성까지 종리무환의 편을 들고 나섰다.

진무원의 시선이 종리무환의 옆에 있는 용무성을 향했다.

"용 당주께서도 이들과 같은 생각이십니까?"

"뭐, 어쩌겠는가? 모두의 뜻이 그렇다면 나도 따라야지."

용무성이 어깨를 으쓱했다.

종리무환이 한 걸음 더 앞으로 다가왔다.

"어떻게 하시겠습니까?"

말은 하지 않았지만 이 자리에 있는 대부분의 사람들 마음 또한 종리무환과 같았다. 그들의 시선이 거대한 무게 추가 되어 진무원의 어깨를 짓눌러 왔다.

모두가 진무원의 얼굴을 바라보고 있었다. 그의 입에서 자신들이 원하는 내용이 나오길 기대하고 있었다. 상상을 초월하는 압박감에 진무원의 옆에 서 있는 곽문정의 얼굴이 새하얗게 질릴 정도였다.

진무원의 표정이 눈에 띄게 딱딱하게 굳었다. 종리무환은 그 모습을 보며 압박이 통했다고 생각했다.

마침내 진무원이 입을 열었다.

"정말 이들을 버려두고 가면 이곳을 무사히 빠져나갈 수 있을 거라 생각합니까?"

"최소한의 가능성은 보이지 않겠습니까? 전무(全無)보다는 일말의 가능성이라도 있는 게 훨씬 낫습니다. 당신의 행동은 자신뿐 아니라 일행 모두를 위험에 빠뜨리고 있습니다."

"그래서 이들을 버리란 말이군요."

"호미로 막을 수 있는 일입니다. 괜히 크게 만들지 마십시오."

종리무환의 말 한 마디 한 마디는 비수처럼 시퍼렇게 날이 벼려져 있어 듣는 이의 가슴을 무자비하게 후벼 파고 있었다. 당미려 역시 마찬가지였다. 그녀의 가슴엔 피멍이 들고 있었다.

'강호에 의기 따윈 존재하지 않는구나.'

당가를 나오기 전까지 그녀는 막연히 강호에 대해 동경을 품고 있었다.

정의와 의기가 존재하는 협객들의 세상.

무인은 곤경에 처한 약자를 돕고, 불의를 응징하는 것이 당연하다고 생각했다. 그러나 그녀가 상상한 낭만강호는 존재하지 않았다.

빈틈을 보인 그 순간 목을 물어뜯는 짐승들이 득실거리는 잔혹한 세상, 그것이 그녀가 경험한 강호였다.

그녀가 불안한 시선으로 진무원의 뒷모습을 바라보았다. 진무원도 종리무환의 압박에 말문이 막혔는지 입을 굳게 다물고 있었다.

진무원만이 그녀의 희망이었다. 당미려는 진무원이 그에게 가해지는 이 엄청난 압박을 부디 견뎌내길 기원했다.

마침내 종리무환이 최종 통보를 해왔다.

"우립니까, 그녀입니까? 선택하십시오."

"……."

진무원은 대답하지 않았다.

그의 시선은 종리무환을 보고 있지 않았다. 어쩐지 먼 곳을 응시하는 듯한 그의 눈빛에 종리무환이 발끈하려 했다.

"당신……."

"잠깐!"

그 순간 용무성이 종리무환의 어깨를 잡았다.

"왜?"

"쉿!"

용무성의 표정이 더할 수 없이 차갑게 굳었다. 그 모습에 종리무환이 입을 꾹 다물고 말았다.

"큭! 아무래도 늦은 것 같구나."

"무슨?"

"느껴지지 않느냐?"

종리무환이 급히 기감을 끌어올렸다. 그러자 은은한 살기가 느껴졌다.

"언제?"

마치 살기로 벽을 쌓은 것 같았다.

이 정도라면 이미 한참 전에 포위망을 완성한 것이나 다름 없었다. 문제는 그 시점이 언제부터였냐는 것이다.

종리무환이 급히 진무원을 바라봤다. 여전히 진무원의 시선은 그를 보고 있지 않았다.

종리무환은 그제야 진무원이 처음부터 자신을 보고 있지 않았다는 것을 기억해 냈다.

'설마 그때부터 저들의 존재를 느끼고 있었단 말인가?'

용무성이 혀를 찼다.

"쯧! 인정할 건 인정해야겠구나. 저 녀석, 처음부터 포위당한 것을 알고 있었어. 당가의 무인들을 외면했더라도 무사히 빠져나가지 못했을 게야."

"그렇다면 처음부터 그렇게 이야기를 했어야……."

종리무환이 말끝을 흐렸다. 스스로가 생각해도 치졸한 변명이라 느껴졌기 때문이다.

은신해 있는 자들의 살기는 비단 당미려와 당기문만을 향하고 있지 않았다. 그들의 살기는 이 지역 전체를 뒤덮고 있었다. 그 말은 곧 이곳에 있는 모든 이가 그들의 목표라는 의미였다.

"큭!"

종리무환의 얼굴이 보기 흉하게 일그러졌다.

진무원이 곽문정에게 말했다.

"어떤 일이 있더라도 절대 내 곁에서 떨어지지 말 거라."

"예, 형!"

곽문정이 힘차게 고개를 끄덕였다.

그때였다.

짝짝짝!

"이거 참, 워낙 흥미진진해서 더 지켜보려 했는데 아쉽구만. 그래도 좋은 구경 잘했네."

박수 소리와 함께 누군가 나무 뒤에서 모습을 드러냈다.

마치 고슴도치처럼 수염을 가득 기른 거대한 장한이었다. 보기에도 위압적인 거대한 방천화극을 등에 짊어진 채 어슬렁거리며 다가오는 그의 모습에 철기당과 백룡상단의 무인들이 일제히 무기를 꺼내 들었다.

종리무환이 외쳤다.

"웬 놈이냐?"

그러나 남자는 그의 물음에 귀찮다는 듯이 새끼손가락으로 귀를 후비적거렸다. 무시를 당했다고 생각한 종리무환이 어금니를 힘껏 깨물었다.

진무원을 바라보는 남자의 얼굴에는 흥미롭다는 빛이 가득 떠올라 있었다.

"내 이름은 남군위라고 하네. 자네 이름은?"

"진무원."

"좋은 이름이군. 언제부터 알고 있었나? 설마 처음부터 알고 있었나?"

"……."

"크큭! 역시 그랬나 보군. 하도 어이가 없어 지켜보기만 했는데, 설마 무사히 이곳을 빠져나갈 수 있을 거라 생각한 건가?"

스스로를 남군위라고 밝힌 사내가 키득거리며 웃자 종리무환의 얼굴이 수치심으로 붉게 물들었다. 하지만 그는 감히 경거망동하지 못했다. 남군위의 등 뒤에서 붉은 갑주를 입은 무인들이 불쑥불쑥 모습을 드러냈기 때문이다.

하나같이 범상치 않은 기도를 풍기는 무인이 무려 오십 명이 넘었다. 한 명, 한 명의 역량이 철기당의 무인들에 그리 뒤떨어져 보이지 않았다.

'어디서 이런 자들이?'

마치 틀로 찍어놓은 것처럼 비슷한 분위기를 풍기는 것이 똑같은 무공을 익힌 것 같았다. 이 정도 수준의 무인들은 결코 하루아침에 만들어지지 않는다.

거대 문파에서 막대한 자금과 무공비급, 각종 영약을 비롯해 수십 년의 세월을 투자해야만 얻을 수 있는 전력이었다. 하지만 그가 아는 한 중원의 그 어떤 문파에도 이처럼 붉은 갑주를 입은 무인들은 존재하지 않았다.

그가 조심스럽게 입을 열었다.

"어디서 오신 분들입니까? 혹시 운중천에서 오셨습니까?"

"바보 같은 질문이군. 설마 답해줄 것 같은가?"

"우리가 그냥 가겠다면 보내주겠습니까?"

"그런 병신 같은 소리는 또 처음 듣는군. 그럴 것 같으면 뭐 하러 이 지랄을 하고 있겠나? 멀쩡하게 생겼는데 머리는 별론 것 같군."

남군위의 입꼬리가 말려 올라갔다. 명백한 비웃음이었다.

그는 처음부터 종리무환이 수작질을 부리는 것을 지켜보았다. 어이가 없으면서도 재밌어서 지켜보았을 뿐, 그냥 보내줄 생각은 추호도 없었다.

당가는 결코 우습게 볼 가문이 아니다. 그들이 운중천에 속해 있다는 것을 감안한다면 더욱 그랬다.

종리무환의 얼굴이 처참하게 구겨졌다.

남군위는 그런 종리무환은 신경도 쓰지 않고 진무원만 바라봤다.

"좋은 말로 할 때 그들을 내놓지?"

"그런 병신 같은 소리는 또 처음 듣는군요. 그럴 것 같으면 뭐 하러 이들을 마차에 태웠겠습니까? 생긴 건 멀쩡한 거 같은데 머리는 별론 거 같군요."

진무원의 대답에 남군위가 한 방 얻어맞았다는 듯이 웃음을 터뜨렸다.

"크큭! 정말 마음에 드는군. 크하하! 이 남군위에게 그런 말투라니. 정말 재밌어."

우웅!

그의 앙천광소에 철기당과 백룡상단 무인들의 안색이 싹 변했다. 머릿속이 울리며 욕지기가 치밀어 올랐기 때문이다.

용무성이 급히 소리쳤다.

"모두 내공을 끌어올려 심맥을 보호하라!"

무인들이 급히 내공을 끌어올렸지만, 몇몇 이의 입가에는 벌써 혈흔이 내비치고 있었다. 이미 내상을 입은 것이다.

'가공할 내공.'

종리무환의 눈동자가 흔들렸다.

단지 웃음소리만으로 내상을 입힌다는 것은 보통의 무인들에게는 불가능한 일이었다. 최소한 초절정의 경지에 오른 무인들만이 이런 신위를 발휘할 수 있었다.

"순순히 내주지 않겠다면 모조리 죽이고 빼앗을 수밖에."

남군위의 음성에 이제껏 숨죽이고 있던 붉은 갑주의 무인들이 움직이기 시작했다.

촤앙!

그들이 일제히 무기를 꺼내 들었다. 그러자 용무성이 종리무환 앞으로 나섰다.

"이제부터는 내가 맡아야 할 것 같구나."

"하지만 당주……."

"네가 감당할 수 있는 수준이 아니야."

"알겠… 습니다."

종리무환이 입술을 힘껏 깨물며 한 발 뒤로 물러났다. 그런 그의 얼굴엔 분한 기색이 역력했다.

용무성이 머리를 긁적이며 남군위를 바라봤다.

"어이, 붉은 귀신, 이거 본의 아니게 바닥까지 보이고 말았군. 하지만 철기당의 역량을 우습게 보지 말라고. 단지 귀찮은 것이 싫어서 그랬을 뿐, 네놈들에 비해 실력이 결코 뒤떨어지지는 않을 테니까."

"그거야 두고 보면 알겠지."

"확실히 알게 해주지. 절대 후회하지 않을 거야."

용무성이 잇몸을 드러내며 씨익 웃었다. 그의 몸에서는 투기가 발산되고 있었다. 그에 반응해 철기당의 무인들이 날카로운 기파를 뿌리기 시작했다.

푸화학!

그 순간 붉은 갑주의 무인들이 일제히 움직였다.

거대한 붉은 해일이 철기당과 백룡상단의 무인들을 향해 밀려왔다.

*   *   *

쿠콰콰!

엄청난 기세를 발산하며 달려오는 붉은 갑주의 무인들을 보며 채약란이 입술을 지그시 깨물었다.

덜덜!

근처에 있는 백룡상단 보표들의 떨림이 느껴졌다. 공포는 전염이 되게 마련이고, 기세에서 한번 밀리면 기울어진 무게추를 다시 돌리는 것은 불가능에 가까웠다.

'무환이 실수했어.'

위기에 처한 당가의 무인들을 외면하던 모습이 백룡상단

의 보표들에겐 힘이 모자라 위험을 회피하는 행위로 보였을 것이다.

그 순간 절대적인 믿음이 깨졌고, 철기당의 무력에 의심을 갖게 됐다. 불안은 증폭되고, 두려움이 엄습하는데 제 실력을 발휘할 수 있을 리 만무했다.

용무성도 비슷한 생각을 했다.

'무환에게 전권을 넘긴 것이 실수다. 이럴 줄 알았으면 애초에 내가 나서야 했는데.'

종리무환이 진무원을 배척한 것처럼, 자신 역시 그를 받아들이지 못하고 거리를 두었기 때문에 추한 모습만 보이고 말았다. 그러나 후회를 해봐야 이미 늦었다.

'우선은 지금의 위기를 넘겨야 한다.'

용무성이 용린도를 꼬나 잡은 손에 힘을 주며 소리쳤다.

"모두 정신 차려라! 진홍은 지원 확실히 하고!"

"옛!"

담진홍이 활에 시위를 먹이며 힘차게 대답했다. 붉은 갑주의 무인을 겨누는 담진홍의 눈이 그 어느 때보다 날카롭게 빛났다.

쉬익!

날카로운 파공음과 함께 화살이 그의 손을 떠났다.

노리는 곳은 머리. 붉은 갑주로 보호받지 못하는 유일한 부위였다. 담진홍은 이번 한 수에 목표의 숨통을 끊으리라 믿어 의심치 않았다.

퍼억!

그러나 그의 믿음과 화살은 붉은 갑주의 무인이 휘두른 커다란 낭아도에 의해 산산이 부서지고 말았다.

붉은 갑주의 무인은 담진홍이 머리를 노릴 줄 알았다는 듯 빙긋 웃었다.

'저 녀석!'

마치 먹이를 노리는 늑대 같은 그의 눈빛에 담진홍은 전신의 피가 싸늘히 식는 것을 느꼈다.

"우와아!"

그사이 붉은 갑주의 무인들과 철기당, 백룡상단의 무인들이 뒤엉키며 난전이 벌어졌다. 곳곳에서 비명성과 무기 부딪치는 소리가 울려 퍼지며 아수라장으로 변했다.

피가 치솟아오르고, 누군가의 팔다리가 떨어져 바닥에서 퍼덕였다. 그 속에 윤서인이 서 있었다.

그녀의 얼굴은 새하얗게 질려 있었다.

"말도 안 돼. 어떻게 이런 일이……."

주검이 쌓이고, 피가 강이 되어 흐르고 있다.

공동파에서 무공을 익혔기에 그 어떤 경우에도 제 한 몸 지키는 것은 어렵지 않을 거라 생각했다. 그래서 억지를 부려

이번 원행에 참여했다. 그 어떤 위협 속에서도 자신은 안전할 거라 착각하면서 말이다.

그러나 그녀가 직면한 현실은 잔인했다. 눈앞에서 그녀가 오래전부터 봐오던 보표가 목숨을 잃고, 그의 주검이 쓰레기처럼 발치에서 나뒹굴고 있다.

윤서인은 그의 부릅뜬 눈에서 생명의 빛이 사라지는 모습을 똑똑히 보았다.

덜덜!

죽문검을 잡은 손이 절로 떨리고 있었다. 정신을 다잡아야지 하면서도 방금 전 죽은 보표의 눈빛이 잊히지가 않았다.

무방비 상태의 그녀를 향해 붉은 갑주의 무인이 다가왔다.

쉬아악!

그의 손에 들린 낭아도가 목을 노리고 날아왔지만, 윤서인은 그런 사실도 인지하지 못했다.

쩌엉!

위기에 처한 그녀를 구한 것은 근처에 있던 채약란이었다. 그녀가 대신 낭아도를 쳐낸 것이다.

"정신 차려! 그냥 넋 놓고 죽을 셈이야?"

채약란의 외침에 윤서인은 정신을 차렸다.

"미, 미안해요."

"자신의 목숨은 스스로 지켜야 해. 정신 바짝 차려."

"알겠어요."

윤서인이 죽문검을 잡은 손에 힘을 주었다. 손의 떨림은 어느 정도 가라앉았지만, 눈가의 떨림까지 감추지는 못했다.

강호의 한가운데 있다는 사실이 실감났다. 그녀는 두려운 마음을 감추고 살아남기 위해 싸우기 시작했다.

죽음이 난무하는 한가운데 진무원과 남군위가 서 있었다.

남군위 때문인지 붉은 갑주의 무인들은 진무원을 지나쳐 갔다. 남군위 역시 그런 붉은 갑주 무인들의 반응을 당연하게 받아들이고 있었다.

"으악!"

곳곳에서 처절한 비명성이 들려오자 진무원의 표정이 어둡게 변했다. 비록 자신과 의견이 맞지 않아 대립하고 있는 형국이지만, 그래도 그들의 죽음을 우두커니 지켜보는 것은 마음이 편치 않았다.

그럼에도 불구하고 진무원이 움직이지 않는 것은 남군위의 강력한 존재감 때문이었다. 남군위는 마치 터지기 직전의 활화산처럼 폭발적인 기파를 발산하고 있었다.

남군위가 발산한 기파는 마치 뱀의 혓바닥처럼 소름 끼치게 진무원의 전신을 훑고 있었다. 기파를 이용해 진무원의 능력을 가늠해 보려는 것이다.

이 정도의 기파가 전신을 자극하면 대부분의 무인은 무의식중에라도 어떤 반응을 보이게 마련이다. 그것이 남군위가 아는 상식이었다.

그러나 진무원은 남군위의 상식에서 벗어난 존재였다. 그는 마치 기파를 느끼지 못한 사람처럼 그 어떤 반응도 보이지 않았다.

'아예 무공을 모르는 자이거나, 혹은 자신의 신체 반응마저도 완벽히 조절할 수 있는 자.'

남군위는 후자라고 생각했다. 진무원이 보이고 있는 여유가 그것을 증명하고 있었다.

문득 남군위의 시선이 진무원의 등 뒤에 있는 당미려를 향했다.

"어이, 계집! 이들이 죽는 것은 모두 너 때문이야. 너 때문에 일이 이리 커졌으니 그 책임도 져야 할 거야."

그의 음성에 담긴 가공할 살기에 당미려가 흠칫 몸을 떨었다. 그녀는 눈앞의 남자가 얼마나 무서운 존재인지 이미 경험으로 알고 있었다.

그에게 당가의 젊은 무인 세 명이 순식간에 목숨을 잃었다. 독은 어떨지 모르지만, 일반 암기로는 그가 입고 있는 붉은 갑주를 뚫을 수 없었다.

'이들은 당가의 천적이다.'

누가 봐도 이들은 당가를 겨냥해 만든 전력이었다. 그것도 최소 수년 이상의 노력과 시간을 투자해 만든 것이 분명했다.

그렇게 생각하자 전신에 소름이 올라왔다.

미지의 적은 오래전부터 치밀하게 준비해 온 것이 분명했다. 그렇지 않고는 지금의 상황을 설명할 수 없었다.

'단순히 당가를 노리고 이런 준비를 했다고 할 수 있을까?'

당미려는 아니라고 생각했다.

당가가 비록 오대세가에 들어가는 초강 세력이긴 하지만, 이 정도의 인적 자원과 엄청난 시간을 들여가며 준비할 만큼 큰 원한을 진 적은 없었다.

'우리가 모르는 곳에서 무언가 엄청난 일이 벌어지고 있어.'

그녀는 암류(暗流)가 흐르고 있음을 직감했다. 전신의 피가 싸늘히 식고, 절로 몸이 떨렸다. 미지의 공포에 먼저 몸이 반응하는 것이다.

무엇보다 감당하기 힘든 것은 남군위의 살기 어린 시선이었다. 마치 먹이를 바라보는 맹수의 눈빛처럼 잔혹하게 번들거리는 그의 눈빛은 아직 강호 경험이 일천한 그녀가 감히 감당할 수 있는 종류의 것이 아니었다.

스윽!

그때 그녀와 남군위 사이에 끼어드는 존재가 있었다.

"아!"

순간 당미려는 자신에게 가해지던 압박감이 거짓말처럼 사라지는 것을 느꼈다.

피에 젖은 대지와 같은 적갈색 무복을 입은 남자는 바로 진무원이었다. 그가 당미려에게 가해지는 남군위의 살기 어린 시선을 대신 받아낸 것이다.

"흥!"

남군위가 코웃음을 치며 등 뒤에 메고 있던 방천화극을 손으로 잡았다. 그러자 그의 기도가 일변했다.

마치 거대한 화강암처럼 전신을 짓눌러 오는 엄청난 압박감과 기파 속에서도 진무원은 표정의 변화 하나 없었다. 그런 진무원의 모습은 당미려의 뇌리에 화인처럼 선명하게 각인됐다.

남군위가 방천화극을 진무원에게 겨누며 입을 열었다.

"이대로 물러날 생각은 없겠지?"

"그랬다면 아예 끼어들지도 않았을 겁니다."

진무원의 담담한 대답에 남군위가 미소를 지었다.

"어디 배짱만큼 실력이 있는지 확인해 보지."

남군위가 공력을 끌어올렸다.

지잉!

순간 방천화극이 강한 울림을 토해내며 칼날 같은 기파가 폭풍처럼 휘몰아쳤다.

살갗이 베어져 나갈 듯 날카로운 기파에 진무원의 옷자락이 미친 듯이 펄럭였다.

진무원의 눈빛이 깊이 침잠했다.

남군위는 중원에 들어온 이후 처음 상대하는 초강자였다. 공동파의 무진도 대단한 고수였지만, 남군위에 비할 수는 없었다.

그래도 두렵다는 생각은 들지 않았다. 이상하게 마음이 차분했다. 흥분되지도, 긴장되지도 않았다. 마치 의식이 육신과 분리된 것처럼 지금의 사태를 그는 냉정하게 바라보고 있었다.

"싸우기 전에 물을 게 있습니다. 대답해 주시겠습니까?"

"내가 대답해 줄 수 있는 거라면."

"백룡상단을 비롯한 여타 상단의 실종, 당신들과 관련된 겁니까?"

"글쎄……."

남군위가 묘한 미소와 함께 말끝을 흐렸지만, 진무원은 그가 연관이 있다고 확신했다.

진무원이 다시 물었다.

"현재 운남성에서 벌어지는 일, 당신이 주도하는 겁니까?"

"훗! 나를 과대평가하는군. 나는 사람을 죽이는 도구에 불과할 뿐이야. 전체적인 그림을 그리는 자는 따로 있지."

"그게 누굽니까?"

"궁금한가?"

진무원이 고개를 끄덕였다. 그러자 남군위가 미소를 지었다. 짓궂은 장난을 눈앞에 둔 개구쟁이 같은 모습이었지만, 진무원은 뻔히 보이는 겉모습에 현혹되지 않았다.

다른 사람들은 남군위의 겉모습만 볼 뿐이지만, 진무원의 눈에는 그의 주위에서 소용돌이치고 있는 기파가 똑똑히 보였다. 폭풍처럼 사납고 가차 없는 폭군과도 같은 기운이 시간이 갈수록 세를 불려가고 있었다.

남군위가 진무원을 향해 손가락을 까딱거렸다.

"궁금하면 나를 이겨."

"그럼 말해주겠습니까?"

"어쩌면……."

"그럼……."

팟!

순간 진무원의 모습이 남군위의 시야에서 사라졌다.

남군위가 본능적으로 방천화극을 세워 자신의 앞을 막았다.

쩌엉!

순간 방천화극에 강렬한 충격이 가해지면서 남군위의 몸이 십여 장이나 뒤로 밀려났다. 그의 발이 대지에 길게 고랑을 남겼다.

"놈!"

남군위의 얼굴에서 미소가 사라졌다. 대신 온몸을 저릿하게 울리는 강렬한 충격의 여운이 그의 전신을 지배하고 있었다.

방금 전까지 남군위가 서 있던 자리에 진무원이 서 있다. 그의 손엔 어느새 설화가 들려 있었다.

"그럼 당신을 쓰러뜨리고 다시 물으면 되겠군요."

진무원이 남군위를 향해 걸음을 옮겼다.

*   *   *

"건방진!"

남군위의 얼굴에 균열이 갔다.

여유롭게만 보이던 표정은 사라지고, 그 뒤에 숨어 있던 포악한 짐승이 진체를 드러냈다. 그러자 광포한 기운이 해일처럼 일어나 진무원을 향해 밀려왔다.

숨을 쉴 수도 없을 만큼 강렬한 압박감이 온몸을 짓눌렀지만, 진무원은 표정 하나 변하지 않고 남군위를 향해 걸음을 옮겼다.

저벅저벅!

진무원의 발자국 소리는 이상할 정도로 선명하게 들려왔다. 남군위는 미간을 찌푸리면서도 거대한 방천화극을 진무원을 향해 겨눴다.

지잉!

남군위의 가공할 공력이 주입되자 방천화극이 살기 어린 울음을 토해냈다.

방천화극에서 희미한 아지랑이가 일렁였다. 줄기줄기 뻗어 나가던 아지랑이가 서로 꼬이고 엮이더니 이내 방천화극 전체를 뒤덮었다.

'극기(戟氣)인가?'

방천화극(方天畵戟)은 창의 일종이었다. 창날 옆에 초승달 모양의 월아(月牙)라고 불리는 또 하나의 창날이 달려 있고, 이를 이용해 적을 찌르는 것뿐만 아니라, 당기고, 자르고, 후려치는 것까지 가능했다.

사용하기에 따라 활용도가 무궁무진했지만, 창보다 복잡한 구조 때문에 대성하는 것은 훨씬 더 힘들었다. 예전에는 방천화극을 사용하는 무인이 적지 않았다고 하지만, 지금은 사용하는 이가 거의 없어 방천화극을 이용하는 무공 자체가 거의 사장되었다.

남군위는 그런 방천화극으로 자연스럽게 극기를 만들어내고 있었다. 실로 범상치 않은 무공 수위였다. 보통의 무인들이라면 그런 남군위를 보며 동요를 일으킬 법도 하건만 진무원의 표정은 담담했다.

오히려 지금 그의 피는 그 어느 때보다 뜨겁게 끓어오르고 있었다. 강호에 나온 이후 처음으로 만나는 제대로 된 무인이었다. 후기지수라고 분류되는 풋내기 무인이 아닌 자신만의 독문절예를 완성한 무도자.

남군위의 눈매가 무서워졌다.

"이번엔 내가 먼저 가지."

말이 채 끝나기도 전에 그의 모습이 진무원의 시야에서 사라지고 잔상만이 남았다.

그러나 진무원은 당황하지 않고 설화를 들어 머리를 막았다.

쩌엉!

순간 방천화극이 설화에 작렬하며 진무원의 몸이 주르륵 뒤로 밀렸다. 진무원이 그랬던 것처럼 남군위 역시 눈에 보이지 않을 정도의 고속 이동으로 공격해 온 것이다.

"흥! 제법이구나."

남군위가 코웃음을 치며 연신 방천화극을 휘둘렀다.

흥흥!

거대한 방천화극이 공기를 가를 때마다 무서운 파공성이 울려 퍼졌다. 남군위의 방천화극은 방원 오 장을 완벽하게 지배하며 날카로운 기운을 토해내고 있었다.

스릉!

남군위의 공세를 피하며 진무원이 설화를 뽑았다. 그러자 설화가 칭얼거리듯 나직이 울음을 흘렸다.

설화가 손에 착 감겨왔다.

남군위는 진무원의 눈빛이 변했다고 생각했다. 검을 뽑아 드는 순간 진무원이란 존재가 싹 바뀐 느낌이다.

"어디?"

남군위가 진무원의 가슴을 노리고 방천화극을 뻗었다. 방천화극이 남군위의 손안에서 무섭게 회전하며 날아왔다.

진무원은 물러서지 않았다. 오히려 남군위의 품안으로 달려들며 설화를 휘둘렀다.

카앙!

허공에 맑은 쇳소리가 울려 퍼지며 남군위의 방천화극이 저만치 튕겨 나갔다. 진무원이 그 틈을 노리고 남군위의 가슴을 향해 설화를 찔러 넣었다. 하지만 남군위는 오른발을 축으로 몸을 회전하며 어느새 자신의 가슴을 보호하고 있었다.

카카카캉!

설화와 방천화극이 연신 부딪치며 불꽃을 튕겨냈다.

남군위는 거대한 방천화극을 풍차처럼 휘두르며 진무원을 공격했다. 찌르고, 흘리고, 후리며 방천화극의 묘용을 최대한 발휘하고 있었다.

남군위의 현란한 공격에도 진무원은 흔들리지 않았다. 그는 차분히 남군위의 공격을 하나하나 해소해 갔다. 방천화극이 찔러오면 흘리고, 월아로 갈고리처럼 긁어오는 공격은 설화로 튕겨내며 대응했다.

"놈! 대단하구나!"

공격을 하면서 남군위가 감탄했다.

특별한 초식을 쓰는 것은 아니었다. 그저 방천화극이 가진 묘용을 최대한 살려 공격하는 것뿐이었다. 하지만 그 위력만큼은 강호의 절학에 결코 뒤지지 않았다.

그런데도 진무원은 그의 공격을 하나하나 분쇄했다. 그 역시 검이라는 무기의 특성을 최대한 살려서 남군위의 공격을 무산시키고 있는 것이다.

검이라는 무기의 특성을 제대로 이해하지 않고는 나올 수 없는 움직임이었다.

'현 강호에 이렇게 기본에 충실한 무인이 있었던가?'

대부분의 무인은 소위 신공이라든지 절학에 목을 맨다. 그들은 마치 높은 수준의 무공이 자신의 수준 또한 높여줄 수 있을 거라 생각하는 듯했다.

그러나 진정으로 높은 경지에 이른 무인일수록 오히려 기본에 충실했다. 남군위 역시 마찬가지 생각이었고, 더욱더 기본에 충실하려 노력했다.

그러한 노력 덕분에 방천화극의 특성을 최대한 끌어낼 수 있었다. 그 덕에 남군위는 별다른 초식을 쓰지 않고도 수많은 적을 쓰러뜨릴 수 있었다. 그래서 솔직히 중원의 무인들을 우습게 본 것이 사실이다. 하지만 그의 자만심은 진무원에 의해 산산이 부서지고 있었다.

카카캉!

방천화극에 맞서는 진무원의 검엔 현란한 초식 따윈 존재하지 않았다. 찌르고, 휘두르고, 베는 검의 단순한 특성을 최대한 이용하면서도 움직임이 그리 크지 않았다.

최소한의 움직임으로 최대한의 효율을 뽑아내는 진무원의 움직임은 적인 남군위조차 감탄사를 터뜨리게 할 만큼 간결하면서도 매끄러웠다.

진무원이 검이라는 도구를 쓰는 것 같지 않다. 오히려 검과 한 몸이 된 것 같았다.

진정한 검신일체(劍身一體)라는 경지는 이를 두고 하는 말 같았다.

남군위가 공력을 끌어올렸다.

언제까지 적에게 감탄할 생각은 없었다. 적의 기본적인 전력을 확인했으니 이젠 최선을 다해 무찔러야 했다.

진무원이 미간을 찌푸렸다. 본능적으로 남군위의 기도가 돌변했음을 알아차린 것이다.

후웅!

공기를 가르는 방천화극의 첨단에서 갑자기 강렬한 기운이 폭출해 나왔다. 이른바 극기가 증폭된 것이다.

그렇지 않아도 긴 방천화극이 석 자 이상 늘어났다.

일반인에게는 별것 아닌 거리였지만, 고수들 간의 싸움에서는 생사를 좌우할 수 있는 길이였다.

남군위는 이번 한 수에 진무원이 물러설 거라 예상했다. 진무원뿐 아니라 인간이라면 갑작스러운 위험에서 최대한 멀어지고자 하는 것이 본능이다. 그러나 진무원은 물러서는 대신 오히려 집요하게 남군위의 가슴을 향해 파고들었다.

방천화극과 같은 긴 무기를 사용하는 자에게 간격을 허용하는 것은 스스로 짚을 짊어지고 불길 속으로 뛰어드는 것이나 마찬가지였다.

남군위의 방천화극이 간발의 차이로 진무원의 가슴을 스치고 지나갔다. 옷이 길게 갈라지며 선혈이 점점이 허공에 흩날렸지만, 진무원은 개의치 않고 설화를 휘둘렀다.

쉬각!

"큭!"

남군위의 입술을 비집고 나직한 신음성이 흘러나왔다. 그의 어깨를 따라 긴 자상이 생겨났기 때문이다. 설화가 스치고 지나간 흔적이다.

다행히 피륙의 상처에 불과했지만, 남군위의 간담을 서늘하게 하기에 충분했다.

그제야 남군위는 확신했다.

'이놈은 진짜구나.'

강호에서 흔히 볼 수 있는 겉멋만 든 어중간한 무인이 아니었다. 검의 극한을 탐구하고 익히는 데 목숨을 건 진정한 무인이었다.

강렬한 긴장감이 전신을 지배했다. 이런 느낌은 실로 오랜만이다.

남군위가 갑자기 뒤로 훌쩍 물러나 진무원을 바라봤다. 진무원은 검을 멈추고 그런 남군위를 바라봤다. 그러자 남군위가 크게 소리쳤다.

"너는 내 화룡진염극을 견식할 자격이 충분하다! 나 적귀병단주(赤鬼兵團主) 남군위, 혼신의 힘을 다하여 그대, 진무원을 상대할 것이다!"

쿵!

하늘과 땅 사이에 방천화극을 세우며 남군위가 천명했다. 그의 사자후가 천지에 쩌렁쩌렁 울려 퍼졌다.

화룡진염극(火龍眞炎戟).

남군위가 익힌 극법이다. 극의에 가깝게 화룡진염극을 익혔지만, 중원에 나온 이후 단 한 번도 펼쳐본 적이 없다. 화룡진염극을 펼칠 만한 상대를 만나지 못했기 때문이다.

진무원은 대답 대신 설화를 들어 남군위를 겨눴다. 한 손으로 펼치는 평범한 중단세의 자세였다. 그런데도 남군위는 심한 압박감을 느꼈다.

남군위의 입꼬리가 말려 올라갔다.

자신이 최선을 다한 것이 아니듯 진무원 역시 최선을 다한 것이 아니었다.

진짜 싸움은 지금부터였다.

"하앗!"

먼저 움직인 이는 남군위였다. 기합과 함께 그의 방천화극이 강렬한 기운을 토해냈다.

후웅!

무형의 기가 순식간에 뚜렷한 형태를 만들어냈다. 방천화극 위에 덧씌워진 기로 만든 방천화극. 바로 극강(戟罡)이었다.

마치 풀을 베듯 남군위의 방천화극이 진무원의 무릎 어림을 쓸어왔다. 화룡진염극의 절초 중 하나인 화룡소혼(火龍燒魂)이라는 초식이었다.

펄럭!

진무원은 옷깃을 흩날리며 달려들었다.

그의 발이 대지를 박차고, 설화가 허공을 갈랐다.

슈캉!

설화와 방천화극이 격돌하며 사방으로 빛 무리가 비산하며 폭풍이 휘몰아쳤다.

당미려가 급히 당기문을 업은 채 뒤로 물러났고, 곽문정이 그 뒤를 따랐다. 그 직후 그들이 앉아 있던 마차가 산산이 부서져 비산했다.

감히 단 한 번도 상상해 보지 못한 싸움이 눈앞에서 벌어지고 있었다.

진무원이 검과 한 몸이 되어 싸우고 있었다.

"세상에……!"

당미려가 눈을 크게 치떴다.

2장

북에서 온 검호(劍豪)

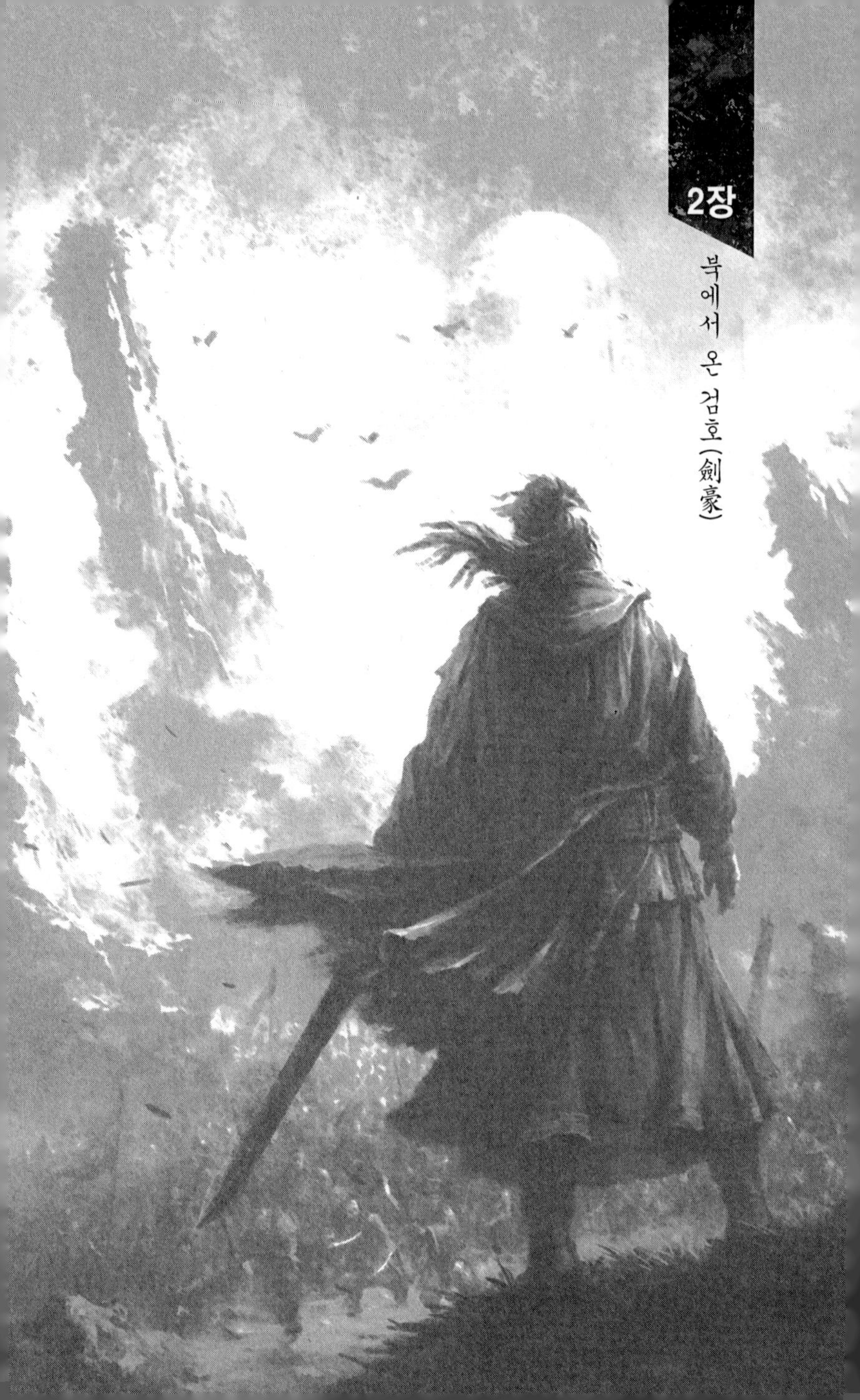

콰직!

섬뜩한 파열음과 함께 붉은 갑주를 입은 무인의 가슴이 움푹 함몰됐다. 함몰된 그의 가슴에는 커다란 용린도가 박혀 있었다.

"흥!"

용무성이 코웃음을 치며 붉은 갑주 무인의 가슴에 박힌 용린도를 뽑아냈다. 하지만 그의 표정은 결코 밝지 않았다.

그가 사용하는 용린도의 무게는 오십 근이 넘는다. 일반적인 무인들이 사용하는 무기의 몇 배를 상회하는 엄청난 중병이었다. 그런 중병기의 이점에 내력을 한껏 주입한 후에야 붉은 갑주의 무인들에게 타격을 줄 수 있었다.

이 정도의 파괴력이 아니고서는 붉은 갑주의 무인들에게 타격을 줄 수 없었다. 그마저도 용무성이니까 할 수 있는 공격이었다. 그 외의 다른 무인들은 감히 흉내조차 낼 수 없었다.

그 사실을 증명하기라도 하듯 백룡상단의 무인들은 고전을 면치 못하고 있었다. 오직 철기당의 무인들만이 제대로 상대할 뿐이었다.

'어디서 이런 자들이?'

십여 년이 넘는 세월 동안 거친 강호를 전전했지만, 그 어디서도 이런 무인들이 존재한다는 이야기는 들어본 적이 없다.

"큭! 정말 골치 아픈 일에 엮인 것 같군."

그렇다고 물러설 수도 없었다.

신뢰가 생명인 철기당이다. 의뢰를 중도에 포기한다면 그들이 입는 타격은 그야말로 어마어마할 것이고, 재기하기까지 상당히 오랜 시간이 필요할 것이다.

동료가 당하는 것을 본 붉은 갑주 무인 다섯 명이 일제히 그를 향해 달려들었다. 그들이 뿜어내는 압도적인 기세에 안구가 다 따끔거렸다.

평범한 절기로는 놈들을 상대할 수 없을 것 같았다.

"쳇! 결국 밑천을 까게 만드는구만."

용무성이 투덜거리며 용린도를 잡은 손에 공력을 주입했다. 그러자 용린도의 검신이 붉게 빛났다.

그의 입꼬리가 말려 올라가며 유난히 하얀 송곳니가 모습을 드러냈다. 그의 용린도가 달려드는 붉은 갑주의 무인들을 향했다.

"네놈들 말이야, 결코 편하게 죽을 생각은 하지 않는 게 좋을 거야."

그의 용린도가 맹수의 발톱처럼 허공을 할퀴었다.

쿠오오!

붉은 바람이 천지를 휩쓸었다. 그 거칠고 광포한 바람에 붉은 갑주의 무인들이 휩쓸렸다.

무인들이 균형을 잡으려 했지만 소용이 없었다. 순식간에 그들의 몸이 허공으로 붕 떠올랐다. 그 순간 용무성의 용린도가 붉은빛을 뿜었다.

"크악!"

푸화학!

영혼을 긁는 처절한 비명과 함께 피비가 내렸다. 후두둑 쏟아지는 피비 속에는 붉은 갑주의 무인들 것으로 짐작되는 살점이 섞여 있었다.

용린마형도(龍鱗魔形刀).

마치 수십 마리의 맹수가 물어뜯은 것처럼 잔해만을 남겨

놓기에 일찍이 익히는 것조차 금기시된 마공이 바로 용린마형도였다. 용무성이 숨겨놓은 비장의 한 수이기도 했다.

너무나 잔혹한 용린마형도의 위력에 질렸는지 붉은 갑주의 무인들이 주춤거렸다. 서로의 얼굴을 바라보던 붉은 갑주의 무인들이 갑자기 일제히 뒤로 물러났다.

그 모습에 용무성이 득의양양한 미소를 지었다.

"흐흐! 별것도 아닌 것들이……."

그는 붉은 갑주의 무인들이 자신에게 겁을 집어먹었다고 생각했다. 하지만 주위를 둘러보던 그는 무언가 이상하다는 것을 느꼈다. 자신에게 달려들던 붉은 갑주 무인들뿐 아니라 다른 이들에게 붙어 있던 붉은 갑주의 무인들 역시 뒤로 물러났기 때문이다.

"응?"

붉은 갑주의 무인들과 힘겹게 싸우던 철기당과 백룡상단의 무인들이 영문을 모르고 주위를 두리번거리다가 이내 두 눈을 크게 치떴다.

쿠콰가각!

이제껏 단 한 번도 보지 못한 상상을 초월하는 싸움이 그들의 지척에서 벌어지고 있었다.

진무원과 남군위.

두 사람의 격전에 주위의 모든 것이 파괴되고 있었다. 그들의 싸움에 주위에 있던 몇몇 이가 휩쓸려 목숨을 잃었다.

쉬각!

진무원의 검이 허공을 가르는 순간 무인들은 마치 자신이 베이는 것 같은 착각에 그만 눈을 질끈 감았다.

"……."

몇몇 무인은 곧 눈을 떴지만, 그 누구도 감히 입을 열지 못했다. 질식할 것 같은 정적이 그들의 어깨를 짓눌렀다.

한참의 시간이 지난 후 종리무환이 겨우 입을 열었다.

"이게 무슨……?"

그의 얼굴엔 불신의 빛이 가득했다.

방천화극으로 극강을 만들어내 흩뿌리는 남군위의 모습도 충격적이었지만, 그보다 더 그들을 혼란에 빠뜨린 것은 진무원의 모습이었다.

그는 검기를 흩뿌리지도 않았고, 검강을 만들어내지도 않았다. 그런데도 그가 검을 휘두를 때마다 소름 끼치는 예기가 그들의 가슴까지 서늘하게 만들었다.

가슴이 진탕돼서 어떠한 말도 할 수 없었다.

"어떻게 저럴 수가 있지?"

칠교검사 공손창의 어깨가 가늘게 떨렸다.

그 역시 검의 극의를 추구하는 검객이었다. 그와 같이 검을 익히는 검객에겐 검강은 그야말로 꿈의 경지였다.

강기(罡氣)는 오직 같은 강기로만 상대할 수 있다는 것이 상식이었고, 공손창 역시 그렇게 알고 있었다. 그렇기에 그 누구보다 검강을 만들 수 있는 초절정의 경지에 오르기 위해 피나는 노력을 해왔다.

　하지만 눈앞에서 벌어지는 진무원의 싸움은 그의 상식과 믿음을 근원부터 송두리째 흔들고 있었다.

　"어떻게……."

　악문 그의 입술 사이로 선혈이 흘러나왔다.

　철기당의 다른 무인들이 그런 공손창을 말없이 바라보았다. 그들도 큰 충격을 받았지만, 공손창만큼은 아니었다. 누구보다 자신의 검에 대한 자부심이 큰 공손창이었기에 지금 이 순간 그가 느끼는 좌절감과 절망이 얼마나 클지 감히 짐작조차 가지 않았다.

　채약란이 나직이 한숨을 내쉬었다.

　'진무원.'

　그 이름 석 자가 철기당에게 이렇게 거대한 충격과 후폭풍을 안겨줄 줄은 정말 몰랐다.

　"이제부터 강호는 온통 저 남자의 이름으로 위진하겠구나."

　철기당의 무인들이 굳은 표정으로 고개를 끄덕였다.

남군위의 표정이 굳었다.

회심의 일격으로 날린 화룡염멸(火龍炎滅)의 초식을 진무원은 몸을 몇 번 흔드는 것만으로 가볍게 피해냈다.

'이건 마치 실체가 없는 그림자 같지 않은가? 천하에 이런 자가 존재하다니.'

방천화극을 꼬나 쥔 남군위의 손등에 굵은 힘줄이 지렁이처럼 툭툭 불거져 나왔다.

그의 입술이 뒤틀렸다.

변수의 등장이었다. 그 누구도 예상하지 못하고 감히 상상도 하지 못한 절대 변수가 그의 앞길을 막아섰다.

'그도 이런 자가 있다는 것은 예상하지 못했을 것이다.'

남군위가 알고 있는 모든 사람 중 가장 머리가 똑똑하며 주먹만 한 머릿속에 천하의 모든 것을 담고 있는 자. 광오하기 짝이 없는 남군위조차 그에겐 마음속 깊은 곳에서부터 우러나는 경외심을 가지고 있었다.

하지만 그조차도 진무원의 등장을 예상치 못했다.

'어디서 이런 자가 나타난 거지?'

남군위가 이끄는 붉은 갑주의 무인들을 일컬어 적귀병단(赤鬼兵團)이라고 부른다. 그들을 키워내기 위해 수십 년의 세월과 막대한 자금이 소요됐다.

적귀병단과 같은 무인들을 양성하기 위해서도 어마어마한

노력과 시간이 투자되는데, 진무원과 같은 수준의 무인이 하루아침에 만들어질 리 없었다.

'운중천?'

남군위가 이내 고개를 저었다.

운중천의 동향에 관해서는 누구보다 잘 알고 있다고 자부하고 있는 그다. 아마 운중천에 있는 자들보다 내부 사정을 더 자세히 알고 있을 것이다.

운중천은 분명 천하에서 가장 강대한 힘을 가진 단체였다. 개개인의 역량은 물론이고 단체로서의 역량도 감히 따라올 곳이 없었다. 하지만 단체의 힘과 개인의 역량은 분명히 다른 문제였다.

남군위의 두 눈에 살기가 넘실거렸다.

'지금 놈을 죽여야 한다. 그렇지 못한다면 두고두고 후환이 될 것이다.'

개인이 대세를 거스를 수는 없다는 것이 상식이다. 하지만 세상에는 간혹 상식을 뒤엎는 존재가 나타나곤 했다. 그들은 기존의 질서를 거부하며, 세상의 흐름을 바꿔 역사를 한 치 앞도 내다볼 수 없는 격랑의 소용돌이로 이끌었다.

극적인 변화가 모두에게 긍정적인 것은 아니었다. 이미 기존의 질서를 공고히 지배하고 있는 자들에겐 진무원과 같은 변수는 독약이나 다름없었다.

남군위가 속한 곳 역시 마찬가지였다. 그들은 세상의 변화를 꿈꾸지만, 진무원처럼 통제할 수 없는 자는 필요로 하지 않았다.

우웅!

남군위의 기세가 폭발적으로 확장됐다. 그가 뿜어낸 기파는 폭풍이 되어 주변의 모든 것을 휩쓸었다.

쿠콰카각!

그의 방천화극이 벼락이 되어 진무원을 향해 내리꽂혔다. 그의 혼신의 공력이 담겨 있는 공격이었다. 주위의 대기가 공명하며 일렁이는 것이 마치 세상의 종말이 다가온 것 같았다.

극강을 휘두르는 남군위의 공격에 맞서는 진무원의 모습은 마치 폭풍에 휩쓸린 일엽편주처럼 위태로워 보였다. 하지만 그의 표정은 담담하기 그지없었다.

'거센 바람이 분다 해서 허리를 꼿꼿이 세우고 저항하는 것은 어리석은 일이다.'

상대가 밀어붙이면 물러나고, 상대가 물러나면 그만큼 다가간다.

관건은 상대의 호흡을 얼마나 정확히 읽느냐는 것이다.

눈빛, 근육의 움직임 등은 속일 수 있지만, 호흡은 속일 수 없었다. 들숨과 날숨의 간격을 파악하고, 그에 따라 자연스럽게 반응해야 했다.

말은 쉽지만, 실제로 목숨이 걸린 생사결에서 상대의 호흡을 읽고 반응한다는 것은 결코 쉬운 일이 아니었다. 더군다나 상대는 가공할 위력의 극강을 휘두르고 있다.

제아무리 철심간담을 지닌 자라도 극강이 코앞을 스쳐 가는데 평정심을 유지하는 것은 어려운 일이었다. 오직 적과 자신의 역량을 냉철히 판단하고, 적의 간격을 완전히 꿰뚫어 보았을 때나 가능한 움직임이었다.

진무원 역시 전방위 감각을 익히지 않았다면 감히 이런 지근거리의 공방전을 벌이지 못했을 것이다.

그는 남군위와의 싸움을 통해 자신의 수준을 한 단계 더 끌어올리고 있었다. 싸우면서 스스로를 보완하고 발전시키고 있는 것이다.

그것이 멸천마영검의 무서운 점이었다.

남군위의 얼굴이 점차 하얗게 질려갔다. 극강의 남발로 인한 극심한 기의 소모가 체력의 저하를 불러온 것이다. 이는 진무원에게 말려 본인의 호흡을 잃었기 때문이다.

'더 이상 놈에게 말렸다가는 반격할 기회마저 잃고 말 것이다. 이곳에서 승부를 본다.'

설마 자신이 이런 운남성의 오지에서 악몽 같은 경험을 하게 될 줄은 생각지도 못했다.

그가 악에 받쳐 소리쳤다.

"놈! 끝을 보자!"

순간 붉은 강기가 그의 방천화극을 휘감아 돌았다. 그 모습이 마치 한 마리 용이 똬리를 튼 것 같았다.

광룡비천(狂龍飛天).

남군위가 익힌 최강의 초식이다. 그는 이 한 수에 남아 있는 모든 공력을 주입했다.

마치 시위를 당긴 활처럼 남군위의 등이 한껏 뒤로 젖혀졌다. 그 모습에 진무원의 눈빛이 침중해졌다. 본능적으로 남군위의 공격이 이제까지와는 차원이 다르다는 것을 직감했기 때문이다.

진무원이 설화를 잡은 손에 힘을 주었다. 그에 반응이라도 하듯 설화가 공명했다.

남군위의 방천화극이 진무원을 향해 날아왔다.

그리고 설화가 허공을 갈랐다.

멸천마영검(滅天魔影劍) 제삼식 단천해(斷天海).

쐐애액!

*   *   *

또로록!

검신을 타고 핏물 한 방울이 흘러내렸다.

사람들은 숨을 죽인 채 그 모습을 바라봤다. 이상하리만치 선명한 핏물이 검신을 미끄러지듯 흘러내리는 모습이 눈에 들어왔다.

검첨에 맺힌 핏물이 금방이라도 떨어질 듯 아슬아슬하게 흔들렸다. 그 모습을 바라보는 사람들의 손에 절로 힘이 들어 갔다.

뚝!

"아!"

그리고 마침내 핏방울이 바닥으로 떨어지는 순간 사람들의 입에서 자신도 모르게 탄성이 터져 나왔다.

비현실적인 광경에 자신도 모르게 넋을 빼앗기고 있던 이들이 그제야 현실 세계로 돌아온 것이다.

"크윽!"

남군위의 얼굴이 처참하게 일그러졌다. 그는 한쪽 무릎을 꿇은 채 두 동강이 난 방천화극을 지지대 삼아 겨우 쓰러지지 않고 있었다. 그런 그의 옆구리는 길게 갈라진 채 선혈이 흘러내리고 있었다.

등골을 타고 흐르는 전율스러운 통증은 문제가 아니었다.

'언제?'

남군위의 눈동자가 불신으로 흔들리고 있었다.

그가 자랑하는 불패의 초식이 깨졌다는 사실보다 더 충격

적인 것은 어떻게 당하는지도 모르고 상처를 입었다는 것이
다.

소리도, 흔적도, 그 어떤 기척도 느끼지 못했다.

마치 보이지 않는 검에 당한 것 같았다.

'완벽한 암살자의 검.'

차이가 있다면 암살자가 숨어서 적을 노리는 데 반해, 진무
원은 정면 대결을 했다는 차이가 있을 뿐이다. 그래서 더 충
격적이었다.

진무원은 호흡을 가다듬었다. 그의 얼굴은 붉게 상기되어
있었다.

단천해는 그림자 내공의 특성을 가장 잘 살린 초식이다. 형
태도 없고 흔적도 없다. 상대의 그림자에 숨어 호흡을 끊는
암살자의 검식이었다.

상대가 눈치챘을 때는 이미 늦은 후였다. 지금의 남군위처
럼.

단지 아쉬운 점이 있다면 실전에서 처음 펼치다 보니 진무
원의 호흡이 약간 흐트러졌다는 것이다. 그렇지 않았다면 이
번 한 수로 남군위의 숨통을 완벽하게 끊을 수 있었을 것이
다.

진무원이 물었다.

"이제 대답해 주시겠습니까? 백룡상단의 실종이 당신이 속

한 곳과 관련 있습니까?"

남군위가 입술을 꽉 다문 채 진무원을 노려봤다.

세상의 변화와 상관없다는 듯이 담담한 표정으로 오연히 서 있지만, 그것은 그의 진짜 모습이 아니었다.

그는 검이었다.

날카롭게 잘 벼려진 한 자루의 살기 어린 검.

남군위가 자신도 모르게 대답했다.

"그렇다."

"역시 그렇군요."

"하나 그 이상의 대답은 내게서 얻어낼 수 없을 것이다."

"그건 두고 보면 알겠죠."

진무원이 남군위를 향해 걸음을 옮겼다.

그는 결코 이 정도에서 끝낼 생각이 없었다. 남군위를 완전히 굴복시켜 진실을 알아낼 생각이었다. 그런 진무원의 생각을 읽은 남군위의 표정이 더욱 딱딱하게 굳었다.

그 순간이었다.

핑!

갑자기 날카로운 파공음이 귓전에 울려 퍼졌다.

검을 휘두르려던 진무원이 무언가 불길함을 느끼고 뒤로 몸을 날렸다. 그 순간 그가 있던 자리에 화살이 박혔다. 화살에는 가죽 주머니가 매달려 있었는데, 땅에 박히는 충격으로 찢어지면서 매캐한 녹연을 뿜어내기 시작했다.

제일 먼저 이상함을 느낀 용무성이 소매로 입을 막으며 소리쳤다.

"독이다! 모두 뒤로 물러나라!"

그의 외침에 철기당의 무인들과 백룡상단의 보표들이 급히 뒤로 물러났다. 하지만 몇몇은 피하는 게 늦어 그대로 독연을 뒤집어쓰고 말았다.

"으아악!"

독연을 뒤집어쓴 무인들이 목을 붙잡은 채 쓰러져 괴로워했다.

진무원은 호흡을 멈춘 채 앞으로 나가려 했다. 하지만 그 순간 다시 화살이 연이어 그를 향해 날아왔다.

쇄애액!

화살에 담긴 힘이 어찌나 강맹한지 진무원은 소름이 돋는 것을 느꼈다. 그는 화살을 막는 대신 피하며 앞으로 돌진했다.

퍼펙!

그가 이제까지 서 있던 자리에 화살 두 대가 박혔다. 어찌나 강력한 힘으로 발사했는지 꽁지깃까지 바닥에 박힌 채 부르르 떨리고 있었다.

"큭!"

독연을 헤치고 나온 진무원의 표정이 굳었다. 남군위와 적귀병단이 이미 사라지고 보이지 않았기 때문이다. 그 짧은 순간 적들이 모조리 물러난 것이다.

"휴!"

여기저기에서 안도의 한숨 소리가 흘러나왔다. 위기를 벗어났다고 여긴 백룡상단의 무인들이 터뜨린 것이다. 표현은 안 했지만, 철기당의 무인들도 그들과 마찬가지 심정이었다.

용무성이 진무원을 향해 다가왔다.

"이보게, 우리……."

그 순간 진무원이 몸을 날렸다. 남군위와 적귀병단이 사라진 방향이었다.

"저, 저……."

용무성이 말을 잇지 못하고 입만 벌린 채 멍하니 그 광경을 바라봤다. 그 모습을 보며 당미려가 고개를 저었다.

"아무래도 그는 이대로 그들을 보내줄 생각이 없는 것 같네요."

"으음!"

당미려가 진무원이 사라진 방향을 물끄러미 바라보았다. 그런 그녀의 눈동자에 격랑이 소용돌이치고 있었다.

진무원이 다리를 내디딜 때마다 주위의 풍경이 순식간에

뒤로 밀려 나갔다.

계류보(溪流步).

언젠가 소무상에게 전해준 그 보법이었다. 하지만 지금 진무원이 펼치는 계류보는 소무상에게 전수해 준 것과는 또 달랐다. 그사이 진무원 나름의 방식으로 발전시킨 것이다.

소리도 없고 기척도 없었다. 마치 물이 소리 없이 흐르는 것처럼 진무원은 그렇게 바람 속에 녹아든 채 남군위의 흔적을 추적하고 있었다.

비록 흐릿하긴 하지만 바닥에는 남군위와 적귀병단의 흔적이 남아 있었다. 풀잎이 꺾인 방향과 희미한 발자국의 흔적을 토대로 진무원은 무서운 속도로 남군위 등을 따라잡고 있었다.

'황숙의 행방을 알아내려면 반드시 그를 잡아야 한다.'

진무원이 이를 악물었다.

남군위가 속한 단체의 정체가 무엇인지는 몰라도 그들이 가공할 힘을 소유하고 있단 사실 정도는 충분히 짐작할 수 있었다. 그런 단체를 상대로 시간을 질질 끌수록 불리해지는 것은 자신이었다.

한편으로는 남군위가 속한 단체의 정체가 궁금한 것도 사실이었다. 그들이 지금 운남성에서 행하는 일은 패권회뿐만 아니라 강호 전체의 이목을 집중시키기에 충분했다.

어쩌면 의도적으로 강호의 이목을 운남성으로 집중시킨 것인지도 몰랐다. 그 말은 곧 강호 전체를 상대로 어떠한 일을 꾸미고 있다는 뜻이고, 그만한 역량을 갖추고 있음을 시사하고 있었다.

'어쩌면……'

진무원은 한 가지 가정을 떠올렸다. 그것만으로도 그의 가슴은 거세게 두방망이질 치고 있었다.

그때였다.

진무원은 갑자기 알 수 없는 불안감을 느꼈다. 마치 송곳으로 머리를 콕콕 찌르는 듯한 느낌에 그는 본능적으로 고개를 숙였다.

피이잉!

그 순간 날카로운 파공음과 함께 무언가가 고개 숙인 그의 머리 위를 스치고 지나갔다.

'화살?'

진무원의 뒤쪽 나무에 박혀 부르르 떨리고 있는 기다란 물체는 분명 화살이었다.

소리보다 화살이 더 빠르게 날아왔다.

전방위 감각이 경고해 주지 않았다면 어떻게 당했는지도 모르고 죽을 뻔했다.

남군위를 구하는 데 일조하던 미지의 궁수가 진무원의 추적을 알아차리고 시간을 벌기 위해 나선 것이다. 그가 진무원의 발목을 붙잡고 있는 사이 남군위와 적귀병은 이곳에서 멀어지고 있을 것이다.

진무원은 등 뒤로 식은땀이 흐르는 것을 느끼며 전방위 감각을 더욱 예민하게 끌어올렸다.

또다시 화살이 날아왔다. 이번엔 석 대가 거의 동시에 날아왔다. 시간차도 거의 없는 것이 한꺼번에 날린 것 같았다. 무서울 정도의 연사였다.

촤촤촹!

진무원은 설화를 휘둘러 날아오는 화살을 모조리 쳐냈다. 설화를 잡은 손아귀가 저려오는 것이 화살에 담긴 힘이 보통이 아니었다.

철기당의 궁수인 낙일철궁 담진홍과 비견될 정도의 실력이었다.

사사삭!

미지의 적은 빠른 속도로 움직이며 진무원을 향해 연신 화살을 날리고 있었다. 그 때문에 그가 숨어 있는 곳을 가늠하기가 힘이 들었다. 하지만 진무원에겐 전방위 감각이 있었다.

정확한 위치를 잡아낼 수는 없었지만, 대략적인 방향 정도는 충분히 감지할 수 있었다.

쉬익!

진무원이 어느 순간 방향을 바꾸더니 일직선으로 쭉 뻗어 나갔다. 유난히도 수풀이 우거지고 아름드리나무가 밀집해 있는 곳이었다.

"헛!"

그 순간 누군가의 헛바람 소리가 터져 나왔다. 정확히 방향을 짚고 달려오는 진무원의 모습에 놀란 미지의 궁수가 경호성을 터뜨린 것이다.

핑! 피이잉!

미지의 궁수가 진무원을 저지하기 위해 연달아 화살을 날렸다.

독사의 이빨처럼 날카로우면서도 위력적인 공격이었다. 제아무리 진무원이라 할지라도 정면으로 받아내는 것이 쉽지 않아 보였다. 하지만 진무원은 이번에도 피하는 대신 정공법을 택했다.

쉬가각!

그의 검이 허공에 묵빛 궤적을 그렸다. 궤적에 걸린 화살들이 힘을 잃고 바닥에 떨어져 내렸다.

순간 진무원의 감각에 미세한 움직임이 느껴졌다. 미지의 궁수가 이동하는 소리였다. 이전처럼 화살로 진무원의 주위를 돌린 후 은신하려는 것이다.

진무원이 왼발을 축으로 몸을 회전하더니 미지의 궁수가 이동하려는 방향을 향해 먼저 몸을 날렸다.

"헉!"

설화가 허공을 긋는 순간 수풀 속에서 예의 헛바람 소리가 흘러나왔다.

시야를 가리던 무성한 수풀이 설화에 베어져 나가며 허공으로 흩날리고 이제까지 정체를 숨긴 채 진무원을 공격하던 미지의 궁수가 모습을 드러냈다.

이제 사십 대 중후반으로 보이는 키가 작은 남자였다. 보통 사람 가슴 어림 정도의 키에 어울리지 않는 떡 벌어진 어깨, 그리고 다부진 그의 손에 들린 자줏빛 활 한 자루.

"크윽!"

그의 얼굴에 당혹스러운 빛이 떠올랐다.

먼 거리에서 적을 암살하는 것이 그의 특기였다. 자줏빛 철궁 한 자루로 그가 죽인 사람의 수만 세 자리가 훌쩍 넘었다. 그 많은 사람을 죽이는 동안 단 한 번도 정체를 들켜본 적이 없다.

'어디서 이런 괴물 같은 녀석이…….'

순식간에 그가 은신해 있는 곳을 찾아내는 감각과 날카로운 판단력, 그리고 거침없이 돌진해 오는 추진력과 저돌적인 기세. 그 무엇 하나 위험하지 않은 것이 없었다.

쉬각!

진무원의 검이 허공을 가르며 날아왔다.

묵빛 검신에 요요로운 기운이 넘실거리는 것이 궁수의 눈에 똑똑히 들어왔다.

"젠장!"

본능적으로 피할 수 없다는 것을 느낀 궁수는 자줏빛 활을 들어 자신의 전면을 막았다.

카앙!

쇳소리와 함께 궁수의 몸이 뒤로 밀려났고, 그가 들고 있던 자줏빛 활체엔 깊은 흠이 생겨났다.

"큭!"

자신도 모르게 궁수의 입술을 비집고 억눌린 신음성이 터져 나왔다. 진무원의 한 수에 내장이 진탕된 것이다.

궁수는 진무원의 다음 공격이 들이닥칠 것을 직감했다.

'이번엔 막지 못한다. 그렇다면…….'

순간 그의 눈에 악독한 빛이 떠올랐다.

푸욱!

진무원의 검이 그의 어깨를 찌르며 선혈이 사방으로 튀었다. 죽이려는 의도는 없었다. 일단 제압해 배후를 캐내려 했다.

그런데 검에 찔린 궁수가 오히려 양팔을 활짝 펼치며 진무원의 몸을 껴안았다.

"호호! 같이 죽는 거다."

그가 진무원의 귀에 속삭였다.

살기가 담긴 오싹한 음성에 진무원이 미간을 찌푸렸다. 그역시 본능적으로 위기감을 느낀 것이다.

진무원이 궁수의 팔을 풀고 나오려 했다. 하지만 그의 팔은마치 족쇄처럼 진무원의 몸을 억세게 옭아매었다.

푸쉬쉬!

궁수의 몸에서 갑자기 녹연이 피어오르기 시작했다.

'설마?'

진무원은 급히 호흡을 멈추며 공력을 끌어올려 외부로 방출했다. 그러자 궁수의 팔이 살짝 벌려지며 틈이 생겼다. 진무원은 그 사이로 미끄러지듯 빠져나가며 궁수와의 거리를벌렸다.

잠깐 사이 녹연이 더욱 짙어지더니 궁수의 몸을 녹이기 시작했다. 진무원의 눈앞에서 순식간에 궁수의 몸이 촛농처럼녹아내렸다.

"크으윽! 우리의 일을 방해한 이상 네놈의 끝도 결코 좋지못하리라."

"당신들은 도대체 누굽니까?"

"호호! 이건 시작에 불과……. 천하여, 천하여……."

저주를 하듯 읊조리던 궁수의 목소리가 끊겼다. 독연에 완전히 녹아내린 것이다.

진무원은 참담한 얼굴로 그 광경을 지켜보았다.

마침내 궁수의 시신은 한 줌의 혈수로 변해 사라지고, 가공할 독기는 자줏빛 철궁마저 흔적도 없이 녹여 버리고 말았다.

"결국 알아낸 것은 아무것도 없군."

진무원의 탄식이 바람을 타고 흩어졌다.

*　　　*　　　*

"휴!"

용무성은 한숨을 내쉬며 주위를 돌아봤다.

그 짧은 시간 동안 보표가 서른 명 가까이 죽었다. 그 때문에 백룡상단의 분위기는 침통하기 그지없었다. 아무리 죽음을 지척에 두고 살아가는 부나방 같은 인생이라지만, 그래도 방금 전까지 같이 웃고 떠들던 동료의 죽음은 그들에게도 큰 충격을 안겨주었다.

철기당의 무인들도 어두운 표정으로 백룡상단의 무인들을 바라보고 있었다. 적귀병단의 무위는 그들에게도 큰 충격을 안겨주었다.

그러나 무력보다 더 무서운 것은 그들의 엄청난 결속력과 유대 관계였다. 그 짧은 시간 그들은 동료의 시신까지 챙겨 퇴각했다.

보통의 무인이나 단체라면 감히 엄두도 내지 못할 일이었다. 그 때문에 이곳엔 그들의 정체를 유추해 볼 만한 시신이 한 구도 남아 있지 않았다.

용무성이 머리를 벅벅 긁으며 중얼거렸다.

"아주 지랄 같구만, 지랄 같아."

말은 안 했지만 모두 그와 같은 심정이었다.

설마 운남성에 들어온 첫날부터 이렇게 많은 사상자가 생길 줄은 꿈에도 생각하지 못했다. 예상치 못한 타격이었고, 엄청난 손실이 생기고 말았다.

종리무환이 용무성의 곁으로 다가왔다. 그의 얼굴에는 자책의 빛이 가득했다.

"휴! 아무래도 이번에는 소제가 잘못 생각한 듯합니다."

"어디 네 잘못뿐이겠느냐? 동조한 내 잘못도 크다. 아주 체면에 똥칠을 했어. 어디 가서 얼굴도 못 들고 다니겠다."

"죄송합니다."

종리무환의 시선이 마차에 앉아 있는 당미려 숙질을 향했다.

적들이 퇴각한 사이 당미려는 당기문에게 응급조치를 했

고, 그 결과 당기문이 정신을 차렸다. 당미려는 당기문에게 방금 전 있었던 일을 모두 이야기했다. 그 때문인지 철기당과 백룡상단을 바라보는 당기문의 시선은 차갑기 그지없었다.

차라리 당미려와 당기문이 죽었다면 별문제 없었을 것이다. 그랬다면 이곳에서 있던 모든 일을 묻어버릴 수 있었을 테니까. 하나 그들이 멀쩡히 살아 있는 이상 모든 것이 물거품이 되고 말았다.

"가자."

"예? 어딜……."

"더 늦기 전에 수습해야 할 거 아냐."

용무성이 향한 곳은 당기문이 타고 있는 마차였다. 잠시 그의 뒷모습을 바라보던 종리무환이 나직이 한숨을 내쉬며 그 뒤를 따랐다. 용무성의 말처럼 피한다고 해결될 일이 아니었다.

마차 앞에 도착한 용무성과 종리무환이 당기문에게 포권을 취했다.

"말학 후배 용무성이 당가의 대선배님을 뵙습니다."

"철기당의 종리무환이 인사드립니다."

당기문은 그런 두 사람의 모습을 말없이 바라보기만 했다. 그 잠시의 시간이 두 사람에겐 억겁처럼 느껴졌다.

그리고 마침내 당기문이 입을 열었다.

"반갑네. 당가의 만독각주 당기문이라고 하네. 두 사람의 이야기는 질녀에게 들었다네. 이 은혜 결코 잊지 않겠네."

당기문의 차가운 목소리에 두 사람의 얼굴이 종잇장처럼 형편없이 구겨졌다.

당가의 일반 장로라고 해도 수습하기 버거울 판이다. 한데 상대의 신분이 만독각주란다. 만독각주면 당가에서도 핵심의 요직이다. 일반 장로와는 차원이 다른 신분이었다.

종리무환은 정신이 다 아득해지는 것을 느꼈다. 그제야 자신의 판단이 얼마나 어리석었는지 깨달은 것이다.

'그가 만독각주라는 사실을 알았다면 그 어떤 위험을 무릅쓰고서라도 도왔을 텐데.'

그러나 이미 후회해도 늦었다. 엎질러진 물을 다시 담을 수는 없었다. 그저 그가 악감정을 가지지 않도록 수습하는 것만이 최선이었다.

"죄송합니다. 저희가 능력이 없어서 별반 도움을 드리지 못했습니다."

"죄송할 게 무에 있겠나? 강호의 인심이란 것이 그렇게 덧없는 것임을."

당기문의 차가운 시선에 종리무환은 속이 다 서늘해져 옴을 느꼈다. 마치 그의 속내를 다 꿰뚫어 보는 것 같았기 때문이다.

그때 용무성이 나섰다.

"죄송합니다, 당 장로님. 당가의 귀한 분인 줄 알았으면 목숨이라도 걸었을 텐데. 솔직히 그때는 저희가 끼어들 일인지 냉철한 판단을 내릴 수 없었습니다."

"자네들은 사람의 신분을 가지고 목숨의 경중을 따지는 모양이군."

"그게 강호 아니겠습니까?"

당기문이 용무성을 빤히 바라봤다.

용무성은 그런 당기문의 시선을 피하지 않았다. 생글생글 웃는 모습이 뻔뻔하기까지 했다.

"그게 강호라……."

많은 의미가 함축된 말이었다. 부인할 수 없는 말이기도 했다.

"오늘 이 당기문이 많은 것을 배우는군. 고맙네. 이 가르침, 결코 잊지 않겠네."

"아이쿠! 가르침이라니요."

"그 대가로 오늘의 일을 마음에서 털어내지."

"감사합니다요."

"그렇다고 내게서 무언가를 기대하지는 말게. 자네 말대로 그런 게 강호 아니겠는가?"

"흐흐! 괘씸하게 생각하시지 않는 것만으로도 감지덕집

니다."

용무성이 하얀 이를 드러낸 채 웃었다.

그 모습을 보며 당기문은 용무성의 배포가 꽤나 크다고 생각했다. 천하의 그 어떤 무인일지라도 자신의 신분을 알면 위축될 수밖에 없는데, 용무성의 모습에서는 그런 기색을 전혀 찾아볼 수 없었다.

'이놈도 보통이 아니구나. 철기당주 용무성. 앞으로 주의해서 살펴봐야겠구나.'

당기문이 몸을 일으키려다 극통에 휘청거리며 다시 주저 앉고 말았다. 예상치 못한 기습에 극심한 내상을 입고 말았다. 오장육부가 모조리 위치를 벗어난 것 같았다. 당미려의 응급조치 덕에 최악의 상황은 막았지만 서둘러 치료를 해야 했다.

당기문이 당미려에게 당부했다.

"지금부터 내 주위에 아무도 다가오지 못하게 하거라."

"예, 숙부님."

당기문은 떨어지지 않는 발걸음으로 억지로 마차에서 내려 공터로 갔다. 용무성과 종리무환 등이 그 모습을 호기심 어린 표정으로 바라봤다.

당기문은 공터 중앙에 가부좌를 틀고 앉아 품에서 조그만 자기병 두 개를 꺼냈다. 그 모습을 본 당미려의 표정이 새하

얇게 질렸다.

"숙부님?"

"괜찮다. 이 정도는 사용해야만 내상을 치료할 수 있을 것
같구나."

당기문은 우선 오른쪽 자기병 마개를 열었다. 그러자 지독
한 악취가 흘러나왔다. 단지 냄새를 맡는 것만으로도 머리가
다 어질해졌다.

용무성이 호흡을 멈추며 생각했다.

'독인가?'

당기문이 가지고 다니는 독이라면 보통의 극독이 아닐 것
이다. 그는 자신도 모르게 몇 걸음 뒤로 물러났다.

당기문은 거침없이 독을 입안에 털어 넣었다. 순간 그의 표
정이 핼쑥하게 변하며 몸을 부들부들 떨었다.

그가 복용한 것은 백와산독(白蛙酸毒)이라는 극독이었다.

청해의 오지에 혈백와(血白蛙)라는 개구리가 살고 있다. 보
통의 개구리들이 날씨가 추워지면 동면하는 데 반해 이 녀석
은 오히려 추워질수록 원기가 왕성해졌다.

그 이유는 체내에 품고 있는 독 때문이었는데, 한 방울의
독으로도 황소 십여 마리를 쓰러뜨릴 수 있을 정도로 지독했
다. 백와산독은 바로 혈백와에게서 추출한 극독으로, 이것을
얻기 위해 당기문은 무려 두 달이나 청해의 오지를 뒤지고 다

녀야 했다.

백와산독은 일단 체내에 들어가면 잠력을 폭발시키며 전신의 신경을 공격하는데, 그 고통이 이루 말할 수 없이 지독해 맨정신으로는 도저히 견딜 수가 없다고 한다.

당기문은 그런 백와산독을 한 병이나 털어 넣었다. 보통의 인간이라면 복용 즉시 즉사했겠지만, 그는 어지간한 독에는 내성이 있는 독인이었다. 고통스럽긴 했지만 아직까지는 견딜 만했다.

당기문은 벌벌 떨리는 손으로 왼손에 들고 있는 자기병을 입으로 가져갔다.

자기병에 담긴 독은 학정홍(鶴頂紅)이었다. 수백 년 묵은 학의 정수리에서 추출한 독으로 구하는 것 자체가 하늘의 별 따기만큼이나 어려웠다.

백와산독과 마찬가지로 한 방울만으로도 수십 명의 사람을 죽일 수 있는 극독 중의 극독이었다. 당기문은 그런 학정홍을 입안에 털어 넣었다.

아마 독에 대해 조금이라도 아는 사람이 봤다면 미쳤다고 소리쳤을 것이다. 한 가지 독만으로도 수십 명을 죽일 수 있는데 두 가지 독을 한꺼번에 복용하다니.

"크윽!"

학정홍이 뱃속으로 들어가는 순간 당기문은 지독한 고통

에 입술을 질근 깨물었다. 제아무리 독에 면역이 있는 독인일지라도 두 가지 독의 공격은 견디기 힘들었다.

그의 몸 안에서 동시다발적으로 독의 공격이 이어졌다. 백와산독과 학정홍이 협공하고 있는 형국이었다. 시간이 지날수록 고통에 일그러져 있던 당기문의 표정이 점차 원래의 모습을 회복해 갔다.

츠츠츠!

그의 모공에서 지독한 독기가 흘러나왔다.

용무성이 급히 외쳤다.

"모두 뒤로 물러나라!"

그렇지 않아도 멀찍이 떨어져 관망하던 이들이 더욱 멀리 물러났다. 용무성도 멀찍이 물러나서 당기문에게서 일어나는 변화를 지켜봤다.

"이독제독(以毒制毒), 아니, 이독상생(以毒相生)인가?"

독으로써 독을 제압하는 것을 이독제독이라 부른다. 하지만 지금 당기문이 행하는 것은 각기 다른 독을 이용하는 상생의 독술이었다.

백와산독이 잠력을 격발시키며 신경을 공격한다면, 학정홍은 신경을 보호하면서 내장을 공격한다. 그런 두 가지 독의 각기 다른 성질이 어우러져 절묘한 치료 효과를 내고 있었다.

두 가지 독기는 서로를 공격하기도 하고 보완하기도 하면서 당기문의 내부를 어루만지고 있었다. 자리를 이탈했던 장기가 순식간에 제자리로 돌아오고, 손상당했던 근육이 원상태를 회복했다.

당기문 자신이 극한까지 독을 탐구한 자이기에 가능한 치료법이었다. 조금만 배합이나 비율이 어긋나도 목숨을 잃을 수 있는 위험한 방법이었다.

'만독각주라더니 정말 명불허전이구나.'

용무성이 쓴 침만 삼켰다.

당기문과 친분만 쌓아두었더라도 무궁무진한 도움을 받을 수 있었을 것이다. 단순히 독으로 사람을 죽이는 경지를 넘어 죽어가는 사람을 살릴 수 있는 경지에 다다른 위대한 독인이 당기문이었으니까.

당기문의 모공에서 뿜어져 나온 독기로 인해 그의 주위 방원 오 장이 완벽하게 죽음의 대지로 변했다. 방금 전까지 강인한 생명력을 뿜어내던 수풀이 회색빛으로 물들며 죽어갔다. 반대로 당기문의 얼굴에는 점차 활력이 돌아오고 있었다.

잠시 후 나직한 한숨과 함께 당기문이 눈을 떴다. 그는 몸을 일으켜 당미려를 향해 다가왔다.

"숙부님, 괜찮으세요?"

"너에게 짐만 되었구나. 덕분에 무사히 회복했단다."

"정말 다행이에요."

그제야 당미려가 안도의 표정을 지었다.

그때 풀숲에서 바스락거리는 소리가 들리더니 누군가 모습을 드러냈다. 진무원이었다.

당미려가 대번에 반색했다.

"은공."

당기문의 시선이 자연스럽게 진무원을 향했다. 진무원의 눈가에 이채가 스쳐 지나갔다. 분명 빈사상태에 빠진 것을 확인했는데, 짧은 시간 안에 정상적인 모습을 되찾은 당기문의 모습에 놀란 것이다.

"자네가 내 목숨을 구해준 그 청년이군. 고맙네. 난 당기문이라고 하네."

"진무원이라고 합니다. 제가 아니라 누구라도 응당 그리했을 겁니다. 신경 쓰지 마십시오."

"난 당가의 사람이네. 원한도 절대 잊지 않지만, 은혜도 절대 잊지 않지. 이 은혜, 반드시 갚겠네. 나 당기문의 이름을 걸고 약속하겠네."

당기문은 단호했다.

은혜는 열 배로, 원한은 백 배로 돌려준다는 것이 당가의 신조였다. 그리고 당기문은 누구보다 당가의 원칙에 충실한 사람이었다. 그의 말 한 마디는 천금보다 더한 가치와 무게를 가지고 있었다.

용무성과 종리무환이 쓰린 표정으로 진무원과 당기문의 모습을 바라보았다.

진무원과 당기문이 조우한 자리에 그들이 비집고 들어갈 틈 따윈 존재하지 않았다.

3장

진흙탕에 사는 용도 있다

  운남성의 성도인 곤명은 칠백 장(약 2,000미터) 높이의 고원에 자리 잡고 있었다. 중원의 어지간한 명산들보다 높은 고지대에 성도가 형성된 것이다.

  고지대라서 추울 거라는 예상과 달리 곤명은 사시사철 따뜻한 기후를 자랑했다. 사계절 농사가 가능한 덕에 사람들의 삶은 꽤나 윤택한 편이었고, 한족이 들어오기 이전부터 살았던 소수의 민족이 곳곳에 흩어져 살고 있었다.

  다양한 문화와 민족이 공존하는 곳. 그래서 곤명은 중원의 여타 성도와는 또 다른 모습을 지니고 있었다. 거리의 분위기도 훨씬 자유로웠고, 사람들 또한 통일된 복장을 하고 있지 않아 이국적인 분위기가 물씬 풍겼다.

평소라면 사람들의 왁자지껄한 목소리가 울려 퍼졌을 거리에는 적막이 감돌았고, 간혹 지나다니는 사람들 역시 무언가를 경계하는 기색이 역력했다.

곤명에 들어온 철기당과 백룡상단의 무인들 역시 그런 경직된 분위기를 감지했다. 이미 수십 명의 동료를 잃었기에 그들 역시 거리에 돌아다니는 사람들과 마찬가지로 굳은 표정을 하고 있었다.

진무원은 마부석에 앉아서 차분하게 주위를 둘러봤다. 그역시 곤명의 경직된 분위기를 느꼈다. 간혹 거리에 보이는 사람들은 경계심 어린 눈빛으로 진무원과 일행을 바라보고 있었다.

진무원은 그렇게 경계 섞인 시선으로 바라보는 이들 대부분이 무기를 지니고 있는 무인이라는 사실에 주목했다.

'무인이 생각보다 많이 보인다.'

개중에는 이곳 운남과 어울리지 않는 복장의 무인들도 보였다. 그 말은 곧 운남이 아닌 외부의 무인이 많이 유입되었다는 것을 뜻했다.

'도대체 이곳에서 무슨 일이 벌어지고 있는 것일까?'

당가의 무인들은 운중천의 초대를 받았다고 했다. 당기문도 자신들이 무엇 때문에 초빙되었는지 자세한 이유는 알지 못했다. 그러나 당가의 무인들, 그중에서도 만독각주가 초대되었다는 것은 십중팔구 독에 관계된 어떤 일이 벌어졌다는 뜻이다.

그때 당기문 숙질이 마차 밖으로 나왔다. 당기문의 얼굴은 며칠 전보다 훨씬 더 좋아 보였다. 이독상생의 묘리로 내상을 치료한 후에도 꾸준히 스스로의 몸을 돌본 덕분이었다.

"잠시 옆자리에 앉아도 되겠는가?"

"그러십시오."

진무원이 옆쪽으로 자리를 옮기자 당기문과 당미려가 마부석에 올라탔다.

"이제 좀 살 것 같군."

좁은 마차 안에 있는 것이 무척이나 답답했던 듯 찬바람을 쐬자 당기문의 얼굴에 화색이 돌아왔다.

"몸은 좀 어떠십니까?"

"이제 완전히 나았다네. 다 진 소협 덕분이네."

"제가 한 일이 뭐가 있다구요. 당 대협 스스로 치료하신 거지요."

"자네가 구해주지 않았다면 이렇게 멀쩡히 숨을 쉬고 있지도 못했을 걸세."

당기문이 행렬의 선두를 바라보았다. 철기당과 백룡상단

의 수뇌부들이 있는 방향이다. 아직도 그는 그날의 기억을 마음속에 담아두고 있는 듯했다.

동행을 하면서도 당기문 숙질은 그들에게 단 한 번도 먼저 말을 건넨 적이 없었다. 어쩔 수 없는 상황에서 그저 한두 마디 할 뿐, 무시로 일관한 것이다.

당가라는 어마어마한 배경과 본신의 능력이 더해지자 그런 오만한 모습조차 꽤나 잘 어울려 보였다. 하지만 철기당의 무인들을 대할 때와 진무원을 대하는 태도는 또 백팔십도 달랐다.

"자네가 힘들겠군. 한 번도 쉬지 않고 말을 몰았으니."

진무원에게 건네는 말 한 마디 한 마디에 정감이 듬뿍 묻어나왔다.

단순히 목숨을 구해줬기 때문이 아니라 당기문은 진심으로 진무원이 마음에 들었다.

선이 고운 미남은 아니지만 나름 호감형의 매력적인 외모를 가지고 있고, 무엇보다 상대를 배려할 줄 아는 인품을 가지고 있었다.

이곳까지 오면서 진무원은 단 한 번도 그들에게 생명의 은인이라고 생색을 낸 적도 없고, 지나가는 말로라도 은혜를 갚아야 한다고 강요하지도 않았다. 어떤 보답을 받고자 행동한 것이 아니라 마음에서 우러나와 자신들을 구한 것이다.

'요즘 세상에 그런 사람은 결코 흔치 않지.'

한 가지 마음에 걸리는 게 있다면 진무원의 신세 내력이었다. 이곳까지 오는 동안 진무원은 단 한 마디도 자신에 대한 이야기를 하지 않았다.

'그 정도의 무공을 익히려면 분명 명사의 지도나 명문의 가르침을 받아야 하는데.'

그러나 아무리 머리를 굴려 봐도 진무원과 같은 자를 키워 낼 만한 무인이나 문파가 딱히 떠오르지 않았다. 당기문은 나중에 따로 진무원에게 사문을 물어봐야겠다고 생각했다.

그때 조용히 있던 당미려가 입을 열었다.

"진 소협은 계속 백룡상단과 함께할 건가요?"

많은 의미가 함축된 질문이었다.

"목적지에 도착하는 대로 따로 숙소를 잡을 생각입니다."

"왜요?"

"뜻이 맞지 않는데 억지로 함께한다면 오히려 서로에게 방해만 될 겁니다. 이제부터는 제 방식대로 움직이렵니다."

"그럼 저희와 함께 가는 것은 어떤가요?"

뜻밖의 제안에 진무원이 의아한 표정을 지었다. 그러자 당미려가 미소를 지으며 말을 이었다.

"저희는 당분간 패권회에 머물 거예요. 운중천에서 파견나올 무인들과 그곳에서 합류하기로 했거든요."

"패권회?"

진무원의 눈빛이 변했다.

한때 북천문을 든든히 떠받치던 네 기둥. 그중의 하나가 바로 패권회를 세운 권마(拳魔) 조천우였다. 그의 아버지 진관호와 호형호제했으며, 진무원에겐 자랑스러운 숙부이기도 했다.

그러나 운명의 그날 조천우는 제일 먼저 진관호와 북천문에게서 등을 돌렸다. 그 대가로 그는 운중천의 인정을 받아 이곳 운남에 패권회를 세울 수 있었다.

"패권회의 도움을 받을 수 있다면 진 소협의 숙부님을 찾는 것도 그리 어려운 일은 아닐 거예요."

"제의는 고맙지만 당분간은 패권회에 들어가기 힘들 것 같습니다."

"왜요?"

"밖에서 해야 할 일이 있어서요. 준비가 되면 그때 제가 찾아가죠."

"그런가요? 어쩔 수 없죠."

당미려가 옅은 한숨을 내쉬었다. 하지만 그것도 잠시, 이내 미소를 지으며 진무원에게 무언가를 내밀었다.

"준비가 되면 꼭 찾아오세요. 이걸 보여주면 들여보내 줄 거예요."

그녀가 내민 것은 '당(唐)'이라는 글자가 새겨진 옥패였다. 당가에서도 오직 극소수의 사람에게만 주는 물건으로, 이것을 가지고 있으면 운중천도 따로 검문을 받지 않고 들어갈 수 있었다.

"감사합니다."

진무원은 순순히 옥패를 받아 품에 넣었다. 그 모습을 본 당기문이 하늘을 올려다보며 중얼거렸다.

"바람이 좋구나. 좋은 계절이야."

그의 장난 같은 읊조림에 당미려의 얼굴이 약간 붉게 상기되었다.

당기문이 진무원에게 시선을 던졌다.

"어련히 알아서 하겠지만, 부디 조심하게. 지금 곤명은 복마전이나 다름없네. 운중천에서 우리를 불러들인 것만 봐도 분위기가 얼마나 심상치 않게 돌아가는지 짐작할 수 있지. 그러니까 자네도 부디 자신을 보호하는 데 최선을 다하게."

"명심하겠습니다."

"그리고 이거."

당기문도 진무원에게 무언가를 불쑥 내밀었다. 그의 손바닥 위에는 조그만 목갑이 놓여 있었다.

"뭡니까?"

"선물일세. 홍은신단(紅銀神丹)이라는 놈일세."

"귀한 거 아닙니까?"

"내가 직접 만든 놈일세. 어지간한 독은 복용 즉시 해독이 되고, 내력도 십여 년 이상 증진시켜 줄 걸세."

"너무 과합니다. 받을 수 없습니다."

"내 목숨값으론 오히려 약소하다네. 자네가 보기엔 내 목숨값이 그 정도의 값어치도 없을 거 같은가?"

당기문의 말에 진무원은 더 이상 거절할 수 없었다.

"잘 사용하겠습니다."

"위급한 순간에 쓰면 제법 도움이 될 걸세. 지금 당장은 자네에게 줄 것이 이 정도밖에 없군."

당기문이 미안한 표정을 지었다. 그러나 그의 말처럼 홍은신단이 별 볼 일 없는 물건은 아니었다. 홍은신단을 만들기 위해 그는 수십 년의 세월을 투자해 수십 가지의 귀한 독물을 구했다.

그렇게 해서 만들어낸 홍은신단은 겨우 스무 개 정도에 불과했다. 당가의 수뇌부와 지인들에게 나눠 주고 그의 수중에 남은 것은 겨우 다섯 개에 불과했다. 그렇게 귀한 것을 진무원에게 아낌없이 나눠 준 것이다.

진무원이 목갑을 품에 집어넣었다.

세 사람이 대화를 나누는 사이, 마차 행렬은 어느새 패권회 정문에 도착했다.

패권회는 그야말로 거대했다. 전성기 북천문에는 미치지 못했지만, 중원의 여타 문파와 비교해서 손색이 없는 엄청난 규모와 화려함을 자랑하고 있었다.

높다란 담장 위로 보이는 거대한 전각의 수만 십여 채, 보이지 않는 조그만 전각까지 합친다면 수십 채가 훨씬 넘어갈 것이다. 패권회의 위세를 증명이라도 하듯이 정문에는 수십 명이 넘는 사람이 들어가기 위해 줄을 서서 차례를 기다리고 있었다.

"이제 가봐야겠군. 조만간 다시 보지."

"찾아오길 기다릴게요, 진 소협."

당기문과 당미려가 마차에서 내렸다. 진무원이 그들을 향해 포권을 취했다.

"다음에 뵙겠습니다. 들어가십시오."

당기문이 고개를 끄덕이며 정문을 향해 걸음을 옮겼다. 당미려가 그의 뒤를 따르면서 연신 뒤돌아봤다. 진무원을 바라보는 그녀의 눈에는 아쉬움이 담겨 있었다.

마침내 정문에 도착한 당기문 숙질이 경비무사에게 신분을 밝히자 한바탕 소란이 일어났다.

패권회 안에서 중년의 남자가 급히 뛰어나와 두 사람을 맞이했다.

"소생은 패권회의 총관 유중문이라 합니다. 그렇지 않아도 도착하실 시간이 많이 늦어 걱정을 하고 있던 참입니다."

"반갑소, 유 총관."

"어찌 된 일입니까?"

"이곳으로 오는 동안 적의 습격을 받았소. 다행히 도움을 받아 우리는 무사할 수 있었지만, 다른 이들은 모두 목숨을 잃었소."

"저런. 여기서 이러고 있을 게 아니라 어서 안으로 들어가시지요. 회주님과 소회주님이 두 분을 기다리고 계십니다."

"그럽시다."

유중문이 두 사람의 손을 잡아끌었다. 유중문을 따라가면서 당미려가 뒤돌아봤다. 하지만 백룡상단의 행렬은 벌써 자리를 떴는지 진무원의 모습은 보이지 않았다.

백룡상단은 곤명에서 가장 큰 백석객잔에 짐을 풀었다. 보표들은 마차에 실려 있는 짐을 객잔의 별채에 모두 내리고 짐을 정리했다. 그렇게 모두가 분주히 움직일 때 진무원은 공진성을 만나고 있었다.

"그동안 감사했습니다."

"그게 무슨 말인가?"

"이젠 따로 움직이는 게 나을 듯합니다. 저는 따로 거처를 잡겠습니다."

"음!"

공진성의 표정이 딱딱하게 굳었다.

진무원의 가공할 무력을 목도한 공진성이다. 그가 함께한다면 얼마나 든든할지 잘 알고 있다. 그런데도 그는 선뜻 진무원에게 가지 말라는 말을 할 수가 없었다.

이미 그들 사이엔 보이지 않는 감정의 골이 깊어질 대로 깊어진 상태였다. 자존심이 상할 대로 상한 철기당의 무인들은 진무원을 경원시하고 있었고, 보표들은 진무원을 겁내고 있었다.

공진성 역시 진무원을 통제할 자신이 없었다.

진무원은 계산으로 움직이는 남자가 아니었다. 차라리 그랬다면 오히려 다루기가 쉬웠을 것이다. 적당한 보상만 해주면 됐을 테니까.

그러나 진무원은 그런 사소한 것들로 움직이는 남자가 아니었다. 그를 움직이는 것은 외적인 요인이 아니라 자신만의 확고한 가치관과 정의였다.

자신의 중심이 그렇게 확고하게 서 있는 사람은 결코 남에게 쉽게 휘둘리지 않는다. 때문에 이용하는 것도 쉽지 않았다.

그래서 공진성은 진무원을 이용하는 것을 포기했다. 그렇다고 완전히 그와 선을 끊는 어리석은 판단도 하지 않았다.

"자네의 판단을 존중하겠네. 백룡상단의 도움이 필요하다면 언제든 말만 하게. 내가 해줄 수 있는 것이라면 얼마든지 도와주겠네."

"말씀만으로도 감사합니다."

진무원이 포권을 취한 후 뒤돌아섰다. 곁에서 두 사람의 눈치를 보던 곽문정이 공진성에게 허리를 꾸벅 숙였다.

"그동안 보살펴 주셔서 감사했습니다."

"너도 그를 따라가려느냐? 그가 가는 길이 결코 순탄치는 않을 것이다."

"그래도 형은 저에게 꿈을 보여주었습니다. 저도 제 꿈의 끝이 어딘지 가보고 싶습니다."

"그렇구나."

공진성이 고개를 끄덕였다. 왠지 곽문정의 결정을 이해할 수도 있을 것 같았다.

"한 사람 몫을 하게 되면 언젠가 다시 백룡상단으로 돌아오겠습니다. 그때 부디 받아주세요."

"기다리고 있으마. 어서 가거라."

공진성의 대답에 곽문정이 다시 한 번 인사를 하고서는 서둘러 진무원을 따라갔다.

공진성이 멀어지는 두 사람의 모습을 물끄러미 바라보았다. 그의 곁으로 용무성과 종리무환, 윤서인이 다가왔다.

"가는군요."

"애당초 그는 저희가 어찌할 수 있는 사람이 아니었습니다."

철기당의 용무성도 감히 품지 못한 남자다. 백룡상단이라는 그릇으로는 그를 감히 가둬둘 수 없었다.

"어디서 저런 사람이 나타난 것일까요?"

종리무환이 자신도 모르게 중얼거렸다.

"그는 북쪽에서 왔다고 했습니다."

*　　*　　*

강호의 호사가들은 무인들을 분류하고 서열을 나누길 좋아했다. 호사가들이 이야기할 때 항상 최정상으로 분류되는 이들이 바로 운중천의 아홉 하늘이었다.

홍옥마수(紅玉魔手) 심무외.

불수불언(不手不言) 담적심.

창룡검제(蒼龍劍帝) 비사원.

마령제(魔靈帝) 현현소.

귀제갈(鬼諸葛) 서문화.

무적수사(無敵修士) 모용율천.

무당파의 적엽진인(赤葉眞人).

소림사의 불영신승(佛影神僧).

풍운번주(風雲幡主) 능군휘.

당금 강호를 지배하고 있는 아홉 명의 절대자.

그중에는 개인의 무력으로 명성을 떨치는 자들도 있고, 강호의 초거대 세력을 이끌다 보니 절로 그 자리를 차지하고 있는 자들도 있었다.

그들은 능히 천하제일을 다툴 수 있는 자격을 가지고 있었다. 하지만 누구 한 명 콕 집어 천하제일인이라 부르기도 애매했다. 그들끼리 격돌한 적이 단 한 번도 없기 때문이다.

그래서 강호인들은 그들 아홉 명을 뭉뚱그려 구중천이라 불렀다. 그리고 구중천과 비견할 만한 무인으로 북천사주를 뽑았다.

소수귀검(素手鬼劍) 연천화.

권마(拳魔) 조천우.

철혈무제(鐵血武帝) 제혁심.

풍제(風帝) 경무생.

북천문이라는 큰 나무에서 뻗어 나온 작은 가지에서 시작했지만, 십여 년이 흐른 지금은 중원의 구대문파 못지않은 성세를 누리고 있었다.

그 외에도 모습을 드러내지 않은 초강자도 분명 존재할 것이다. 하지만 그들에 구중천, 북천사주까지 합쳐도 서른 명은 넘지 않을 것이란 게 강호의 중론이었다.

각기 다른 시대에 태어났다면 능히 강호를 지배했을 자들이 한 시대에 살고 있었다. 그들에게는 불행이겠지만, 강호를 살아가는 평범한 무인들에겐 다행이라 할 수 있었다. 각각의 힘이 균형을 이루며 현재의 평화가 유지되고 있었기 때문이다.

'그야말로 칼날 위의 아슬아슬한 평화라고 할 수 있겠지.'

당기문이 복잡한 심사가 그대로 드러난 표정으로 앞을 바라봤다. 그의 앞에는 한 남자가 앉아 있었다.

비상하는 용이 양각된 황금빛 태사의에 앉아 오연히 그를 내려다보고 있는 중년의 남자. 곰을 연상시킬 정도로 거대한 체구임에도 전혀 둔해 보이지 않고, 오히려 만인을 압도하는 듯한 기백을 발산하고 있었다.

각진 턱에 두꺼운 입술, 그 위의 뭉툭한 코, 그리고 사람의 심혼을 꿰뚫어 보는 듯한 호목(虎目). 사람들은 그를 가리켜 권마라고 불렀다.

권마(拳魔) 조천우.

북천사주의 일인이자 패권회의 정점에 서 있는 남자. 그것이 바로 남자의 정체였다.

조천우의 표정은 자못 심각했다.

운남성은 그의 영역이었다. 그의 영역 안에서 당가가 습격을 받았다는 사실이 그를 분노케 한 것이다.

그가 마침내 입을 열었다.

"그들의 도발이 한계를 넘었군."

마치 대호가 으르렁거리는 듯한 음성에 당기문은 전신에 소름이 돋아 올라오는 것을 느꼈다.

'북천사주가 이 정도였던가?'

비록 무공을 익히진 않았지만, 그래도 무가의 일원인 당기문이다. 수많은 무인을 만나보고 이야기해 봤기에 사람 보는 눈은 누구보다 정확하다고 자부하고 있었다.

그가 만난 그 누구도 지금 조천우와 같은 존재감을 갖지 못했다. 넓은 대전 안이 온통 조천우의 존재감에 장악된 것이 느껴질 정도였다.

'이 정도면 북천문의 곁가지로 존재하는 것이 억울할 만도 했겠군.'

힘을 가진 자라면, 그것도 천하를 논할 정도로 강대한 힘을 가진 자라면 이인자의 삶을 본능적으로 거부하게 마련이다. 그리고 조천우는 능히 천하를 논할 만한 자격이 있는 자였다.

"그들의 정체를 파악했습니까?"

"수하들이 움직이고 있으니 알아내는 것은 시간문제요."

조천우의 음성엔 강한 자신감이 담겨 있었다.

패권회가 운남에 자리 잡은 지 벌써 십 년. 그동안 패권회는 비약적으로 발전했다. 그중 조천우가 가장 심혈을 기울인 것이 바로 정보를 수습하는 조직인 천안통(天眼通)이었다.

북천문의 해체를 겪으면서 그는 정보의 부재가 얼마나 무서운 결과를 초래할 수 있는지 목도했다. 그 후로 그는 인재를 영입하거나 키우면서 천안통을 키우기 위해 최선을 다했다.

십 년이 지난 지금 천안통은 중원의 그 어떤 정보 조직과 견주어도 결코 뒤지지 않을 거라고 그는 자부하고 있었다. 지금 천안통은 전력을 다해 현재 운남성에서 일을 벌이고 있는 자들을 추적하고 있었다.

"부디 빠른 시간 안에 그들의 정체를 알아냈으면 좋겠군요. 제가 경험한 바에 의하면 그들은 보통 주도면밀한 자들이 아니었습니다."

"흥! 그들이 운남성에 있는 한 언제까지 내 눈을 피할 수는 없을 것이오. 정체가 밝혀지는 순간이 그들의 최후가 될 거라고 장담하지."

조천우의 음성엔 살기가 담겨 있었다.

그들이 운남성에서 분탕질을 치기 시작한 것이 벌써 여섯 달이 넘었다. 수많은 상단이 실종되면서 운남성의 경제가 위축되었고, 그 여파는 곧바로 패권회에까지 미쳤다.

패권회가 최근 십 년 동안 급격히 세를 불렸다고 하지만, 아직까지는 경제적인 기반이 약한 것이 사실이었다.

같이 운남성에 있는 점창파는 오랜 역사를 가진 문파답게 수많은 전답을 가지고 있었고, 이를 기반으로 소작농을 부리고 있었다. 즉 최악의 경우라 할지라도 자체적인 생존이 가능한 체계가 갖춰진 것이다.

반대로 패권회는 그런 기반이 없이 상단들과의 긴밀한 관계를 밑바탕으로 경제적인 기반을 쌓아가고 있는 상황이었다. 즉 운남성에서 상단들의 안전을 보장해 주는 조건으로 일정 부분의 이득을 얻는 셈이다.

그런 상황에서 상단들의 타격은 패권회에도 경제적인 큰 타격을 주었을 뿐 아니라 위신에도 심각한 영향을 끼쳤다. 뿐만 아니라 운중천에서도 진상을 조사하기 위해 인력을 파견하기로 결정했다.

조천우로서는 달갑지 않은 일이었지만, 받아들이지 않을 수도 없었다. 패권회의 위신이 추락한 만큼 조천우의 위신에도 금이 간 셈이다.

"그나저나 당 각주께서 무사하셔서 다행이오."

당가의 만독각주가 운남성에서 죽었다면 패권회가 받았을 타격은 이전의 것과 비교할 바가 아니었다. 그만큼 당기문은 중요한 사람이었다.

"때마침 도움을 받지 않았다면 절대 무사하지 못했을 겁니다. 그만큼 적들은 철저하게 준비를 했고, 저희는 속수무책으로 당할 수밖에 없었습니다."

"하늘의 도움이오. 당가의 은인은 곧 우리 패권회의 은인이기도 하오. 알려준다면 내 후사하겠소이다."

"저도 아직 그의 자세한 신세 내력을 알지 못합니다. 조만간 다시 만날 터이니 그때 조 회주께 소개시켜 드리겠습니다."

"그거 기대되는구려."

"결코 후회하지 않을 겁니다."

당기문의 자신 있는 대답에 조천우의 눈이 빛났다.

진무원이 짐을 푼 곳은 태평객잔이라는 이름의 허름한 객잔이었다. 객잔 자체는 무척이나 초라했지만, 그 위치가 매우 절묘해서 사통팔달의 지형 한가운데 있었다.

진무원은 태평객잔의 이 층에 짐을 풀었다. 이 인실이라고 하지만 제법 넓어서 서너 명이 자도 충분할 것 같았다.

곽문정이 방 안을 두리번거리며 말했다.

"이야! 겉보기와 달리 괜찮은데요. 밖에서 보면 다 무너져 가는 것 같은데."

"사람들 이야기를 들어보니 숙수의 음식 솜씨도 괜찮은 것 같더구나. 뒤쪽의 마당도 쓸 수 있을 것 같고."

"그럼 연무도 할 수 있겠네요?"

곽문정의 눈이 반짝였다.

적귀병단의 습격을 받은 후 자신의 무공이 얼마나 부족한지 절감한 곽문정이었다. 틈이 날 때마다 무공을 연마했지만, 그래도 절대적으로 시간이 부족했다.

"며칠 정도 여유가 있으니 너는 무공을 연마하는 데만 집중하거라. 나는 잠시 밖에 다녀오겠다."

"네!"

곽문정이 힘찬 목소리로 대답했다.

의욕에 찬 곽문정을 뒤로하고 진무원은 방을 나왔다. 일 층으로 내려오자 탁자 사이를 분주히 오가고 있는 어린 점소이가 보였다.

진무원이 점소이를 불렀다.

"애야."

"예, 손님."

점소이가 대답과 함께 즉각 쪼르르 달려왔다.

"사람을 찾으려고 하는데 혹시 네가 알고 있을지 모르겠구나."

"누군데요?"

"삼뇌서생 하…….."

"아! 그 미치광이 아저씨요?"

"미치광이?"

점소이의 즉각적인 대답에 진무원의 얼굴에 의아한 표정이 떠올랐다.

"여기선 다들 그렇게 불러요. 천재라고 곤명에 소문이 자자했었는데, 어느 날 갑자기 미쳐서 제정신이 아니래요. 그래서 광서생(狂書生)이라고 부르기도 해요."

"갑자기 미쳤다고?"

"예! 저도 자세히는 모르지만 어느 날 갑자기 미쳐서 날뛰었다고 하더라구요."

"어디를 가면 그를 볼 수 있느냐?"

"그게……."

점소이가 왠지 말을 잇지 않고 우물쭈물했다. 그 모습에 진무원이 피식 웃으며 동전 한 문을 건네주었다. 그제야 점소이의 얼굴에 웃음꽃이 피었다.

"남쪽으로 대로를 따라가다 보면 빈민가가 나올 거예요. 빈민가 중심에 서풍객점이라는 곳이 있어요. 그곳에 가면 쉽게 찾으실 수 있을 거예요."

"객점에서 찾을 수 있단 말이지?"

"간판은 객점이지만 실은 도박장이에요. 그곳에 가면 조심하셔야 해요. 보통 살벌한 곳이 아니에요."

"고맙구나. 각별히 조심하마."

"헤헤!"

진무원은 점소이를 뒤로하고 객잔을 나왔다. 문득 그의 시야에 패권회의 거대한 전각군이 들어왔다.

진무원의 표정이 절로 딱딱하게 굳었다. 아무리 태연하려고 해도 그럴 수가 없었다. 한때 숙부라고 부르던 자가 있는 곳이다. 십 년이란 시간이 흘렀지만, 아직도 그의 얼굴이 기억에 선명히 남아 있다.

진무원은 나직이 한숨을 내쉬며 고개를 저었다. 괜스레 마음이 복잡하기만 할 뿐, 쉽게 정리가 되지 않았다.

"우선은 황숙을 구하는 데만 집중하자."

진무원은 점소이가 알려준 빈민가로 걸음을 옮겼다.

사람들이 모이는 곳이라면 반드시 형성되는 곳이 바로 빈민가였다. 주류에 편입되지 못하고 변방으로 밀려난 이들은 그들만의 세상과 질서를 유지하고 있었다.

빈민가로 들어서자 주위의 공기가 달라졌다. 같은 곤명에 있는데도 이곳은 어딘지 모르게 서늘하게 느껴졌다. 단순히 기온이 다르기 때문이 아니었다.

변방으로 밀려난 자들의 마음은 빈곤할 수밖에 없었다. 세상에 대한 원망과 현실에 대한 절망이 버무려져서 음울할 수밖에 없었고, 그런 기운과 분위기는 고스란히 거리의 모습에 투영되고 있었다.

진무원이 들어서자 거리의 분위기가 변했다.

문 앞에 자리를 깔고 앉아 있던 노인이 경계 어린 시선으로 진무원을 바라보고, 골목을 뛰어놀던 아이들이 진무원을 발견하곤 어디론가 후다닥 달려갔다.

진무원이 움직이는 동선을 따라 은밀한 시선이 달라붙었다. 사람들이, 거리 전체가 마치 하나의 생명체처럼 진무원을 감시하고 있었다.

이 거리에서 태어나고 자란 이들이었다. 유대감과 동질감이 강할 수밖에 없었다. 그들은 서로의 집에 옷이 몇 개 있는 것까지 모두 알고 있었다.

당연히 어느 집에 어떤 아이가 태어났는지까지 꿰뚫어 보고 있었다. 진무원 같은 낯선 이의 등장은 자연 그들의 주목을 끌 수밖에 없었다.

진무원도 그런 사실을 알아차렸지만, 내색하지 않고 자연스럽게 걸음을 옮겼다. 그가 향하는 곳은 빈민가의 중심가에 있는 서풍객점이었다.

그가 객점 안으로 들어가려 하자 두 명의 건장한 남자가 그의 앞을 막아섰다. 그들이 사뭇 위압적인 표정으로 진무원의 전신을 훑어봤다.

"어떻게 오셨소?"

"삼뇌서생 하진월을 찾아왔습니다."

순간 남자들의 얼굴이 일그러졌다.

"그 사기꾼 새끼!"

"사기꾼?"

"네놈, 그 사기꾼과 한패냐?"

분위기가 순식간에 험악해지며 객점 안에서 건장한 사내들이 우르르 뛰어나왔다.

*　　　*　　　*

하나같이 험상궂은 얼굴에 제법 힘을 쓸 것 같은 체격의 남자들이었다. 그런 이들이 십여 명이나 노려본다면 오금이 저릴 만도 했지만, 그들에겐 불행히도 진무원은 보통 사람이 아니었다.

진무원이 담담한 표정으로 자신을 둘러싼 이들을 바라봤다. 그들의 손에는 하나같이 거친 박도가 들려 있었다.

"무슨 문제 있습니까?"

"문제? 그걸 몰라서 묻는 거냐?"

우두머리로 보이는 배불뚝이 남자가 앞으로 나섰다. 그의 왼쪽 뺨에는 긴 자상이 나 있어 무척이나 위험해 보였다. 그가 진무원을 잡아먹을 듯 노려봤다.

적의 어린 그의 시선에 진무원이 어깨를 으쓱했다.

"전 분명히 오늘 당신들을 처음 봅니다만."

"하진월 그 사기꾼 새끼를 찾아왔잖아."

"그게 문제가 됩니까?"

"당연히 문제가 되지. 이 새끼, 꿇려!"

마지막 말은 부하들에게 한 것이었다. 그의 말이 끝나기도 전에 남자들이 진무원을 향해 박도를 휘둘렀다.

쉬아악!

박도가 공기를 가르는 품새가 제법 칼을 많이 휘둘러 본 듯했다. 일반인들을 상대로 했다면 충분히 위협적으로 보였을 것이다. 하지만 상대가 좋지 않았다.

진무원이 박도를 향해 두 손가락을 쭉 뻗었다.

"미친놈!"

그 모습을 본 박도의 주인이 비웃음을 흘렸다. 하지만 그의 비웃음은 순식간에 사라졌다.

파캉!

진무원의 두 손가락에 맞닿은 박도가 산산이 부서져 사방으로 비산했기 때문이다.

쇄병지(碎兵指)였다.

진무원이 두 손가락을 뻗을 때마다 남자들의 박도가 펑펑 터져 나갔다. 도편이 사방으로 튀고, 남자들의 당혹한 신음성이 거리에 울려 퍼졌다.

"으으!"

배불뚝이 사내가 앓는 듯한 신음성을 흘렸다. 그의 얼굴엔 불신의 표정이 고스란히 드러나 있었다.

그냥 손가락만 닿았을 뿐인데 박도가 폭죽처럼 터져 나갔다. 그의 상식으로는 도저히 이해할 수 없는 일이었다.

"당신?"

진무원의 두 손가락이 배불뚝이 사내를 향했다. 그의 손가락이 이마에 닿을 듯 다가오자 배불뚝이 사내는 그만 다리에 힘이 풀려 제자리에 주저앉고 말았다.

들고 있던 박도가 터져 나간 남자들은 얼음이 된 것처럼 굳은 모습으로 서 있었다. 진무원을 바라보는 그들의 눈동자에는 공포의 빛이 가득했다.

'씨팔! 잘못 걸렸다.'

'고수다. 그것도 무지…….'

곤명에도 무림인은 존재했다. 하지만 그들이 빈민가로 들어오는 일은 없었다. 적어도 십 년 동안은 말이다. 그 때문에 남자들은 진무원이 무공을 익힌 무인이란 생각을 미처 하지 못했다.

진무원에게 당하고 나서야 그의 허리에 걸려 있는 검이 눈에 들어왔다.

'망할! 고수가 왜 이런 곳에……'

맨손으로 검을 박살 낸 자다. 손가락이 닿는 것만으로 무기가 터져 나가게 할 수 있다는 이야기는 들어보지도 못했다. 그들은 진무원이 자신들이 감히 예단할 수 없는 엄청난 고수라는 사실을 깨닫고 마른침만 꼴깍 삼켰다.

진무원이 배불뚝이 사내 앞에 쪼그려 앉으며 물었다.

"아직도 문제 있습니까?"

"없습니다. 아무 문제도 없습니다."

배불뚝이 사내가 필사적으로 고개를 휘휘 내저었다.

"그럼 이제 대화가 되겠군요."

"그럼요! 저는 언제라도 대화할 수 있는 준비가 되어 있습니다. 헤헤!"

"잘됐군요."

진무원의 미소가 배불뚝이 사내에게는 사신의 웃음으로 보였다. 웃고 있지만 저 손가락으로 자신의 이마를 짚는다면?

부르르!

단지 상상을 하는 것만으로도 몸이 사시나무처럼 떨렸다.

"삼뇌서생 하진월에게 무슨 문제가 있는 겁니까?"

"그 개자식이……."

배불뚝이 사내가 무의식중에 욕을 하려다 진무원을 보고 입을 꾹 다물었다. 진무원과 하진월의 관계를 알 수 없었기 때문이다.

배불뚝이 사내가 한숨을 푹 내쉬며 자초지종을 설명하기 시작했다. 그의 이름은 마등으로 이곳 도박장의 주인이자 빈민가의 지배자였다. 그의 주 수입원은 바로 도박장이었다. 빈민가의 도박장에 누가 찾아올까 싶지만 실제로는 아주 많았다.

특히 신분을 드러낼 수 없는 고관대작이나 부호들이 그들의 주 고객이었다. 그들이 제일 두려워하는 포교나 관군들이 이곳 빈민가에는 잘 접근하지 않는다는 것을 아는 까닭이었다.

마등은 그들에게 자리를 빌려주고 자릿세를 받거나 고리의 이자를 붙여 도박 자금을 빌려주는 것으로 부를 축적했다. 그는 이곳에서 쌓은 부를 발판으로 곤명 중심가로 세력을 넓히겠다는 환상에 빠져 있었다.

그러나 그의 꿈은 얼마 전 하진월이 찾아오면서 산산이 부서지고 말았다. 비루한 행색으로 찾아온 하진월을 처음에는 누구도 신경 쓰지 않았다.

그가 도박을 시작한 자금은 은자 한 냥이었다. 처음에는 그마저도 잃고 도박장에서 고리의 자금의 빌려 쓰는 일도 허다했다. 그러나 시간이 흐르면서 상황이 변했다.

원래 실력을 숨기고 있던 것인지, 또는 실력이 갑자기 늘어난 것인지 모르겠지만, 하진월이 돈을 따가는 횟수가 급증한 것이다. 마등이 자랑하는 최고의 도박사들도 하진월에게 돈을 잃기 일쑤였고, 같은 자리에 앉은 다른 부호들 역시 많은 돈을 잃었다.

상황이 이렇게 되자 마등도 대책을 세워야 했다. 그는 부하들을 동원해 하진월의 돈을 모조리 빼앗고 팔 하나를 자르려 했다.

"그런데 말입니다. 그놈이 히죽히죽 웃으며 허공에다 손가락질을 하지 않겠습니까? 처음엔 웬 헛짓거리를 하나 싶어서 지켜만 봤습지요. 그런데……."

마등은 다시 기억을 떠올리는 것만으로도 치가 떨리는지 몸을 부들부들 떨었다. 마등에겐 다시 떠올리기 싫은 기억이겠지만, 진무원에겐 무척이나 흥미진진한 이야기였다.

"그래서요?"

"갑자기 정신이 혼미해지는가 싶더니 눈앞에 천상의 여인들이 나타나지 않겠습니까?"

하늘하늘한 능라의를 입은 아름다운 여인들이 나타나 자신들을 유혹하더란다. 그녀들의 교태가 어찌나 아름다운지 마등과 부하들은 순식간에 넋을 잃고 말았다.

비단 같은 하얀 피부 하며 그윽한 검은 눈동자, 그리고 은 방울 같은 목소리에 그들은 처한 상황도 잊고 그녀들에게 빠져들었다.

"정말 꿈같았습니다. 제 생에 그런 여자들을 만나는 것을 감히 꿈이나 꿨겠습니까? 그 순간만큼은 제 꿈이 이뤄진 것 같았지요."

마등과 부하들은 선녀 같은 여인들과 사랑을 나누었다. 꿈결 같은 시간은 순식간에 지나갔다. 그리고 깨어났을 때 그들의 진정한 악몽이 시작됐다.

눈을 뜨자 제일 먼저 보인 것은 껴안고 있는 커다란 바위였다. 대로 한가운데서 벌거벗은 채 바위를 상대로 그 짓을 하고 있었던 것이다. 무엇보다 가장 큰 문제는 빈민가에 사는 사람들이 모두 그 광경을 본 것이다.

위신이 땅에 떨어졌다. 공포로 지배해야 할 자들이 오히려 우습게 보인 상황이 된 것이다. 한번 얕보이면 언제고 뒤통수를 맞는 것이 이곳의 생리였다.

'환영진을 펼친 것인가?'

진무원의 미간이 좁혀졌다.

마등의 추태를 목격한 자들에 따르면 하진월은 그 광경을 한참이나 구경하며 이상한 말을 중얼거렸다고 했다.

'역시 인간은 이성보다는 본능에 더 지배를 받는 것인가? 아니면 이 녀석들의 본능이 이렇게 구린 것인가? 이건 짐승과 다름없잖아?'

마등의 이야기를 들은 진무원은 피식 웃음을 터뜨리고 말았다. 절로 당시의 상황이 머릿속에 그려졌기 때문이다.

"그래서 어떻게 되었습니까?"

"어떻게 되기는요, 저희가 혼이 빠진 사이 놈은 도박장의 돈을 모두 털어서 유유히 사라졌습니다. 그게 어떻게 모은 돈인데. 크흑!"

마등이 눈물을 훔쳤다. 마등은 하진월을 잡기 위해 수하들을 총동원했다. 하지만 하진월은 잡힐 듯하면서도 유유히 빠져나가기 일쑤였고, 지금은 마등도 거의 자포자기한 상태였다.

"혹시 지금 그가 어디 있는지 압니까?"

"요즘에는 광명로 끝 쪽의 우시장에 자주 모습을 나타낸다고 하는데 확실치는 않습니다."

"음!"

진무원이 몸을 일으켰다.

"가시려구요?"

"그럼 더 있다 갈까요?"

"아닙니다. 어서 가십시오. 두 번 다시 오지 마십시오."

진무원이 고개를 흔들며 걸음을 옮겼다. 멀어지는 그의 뒷모습을 잠시 바라보던 마등이 부하들에게 소리쳤다.

"야! 소금 가져와! 왕소금으로 꽉꽉 뿌려라!"

하진월의 행적은 그야말로 신출귀몰했다. 그는 우시장에서 십여 마리의 건장한 소를 사갔다고 했다. 소를 몰고 간 곳은 인근의 한 마을이었는데, 그곳에서 소싸움을 벌였다고 한다.

이틀을 지켜보면서 마을 사람들과 잔치를 벌였다는데, 소싸움이 모두 끝난 후에는 소들을 미련 없이 마을 사람들에게 건네주고 떠났다고 했다.

그 후에 그가 향한 곳은 인근 야산에 있는 한 암자였다. 그는 그곳에서 오랫동안 수도해 온 승려와 함께 논쟁을 벌였는데, 그 살벌함이 무인들의 비무 못지않았다고 한다.

그와의 논쟁에서 패한 승려는 눈물을 흘리며 환속했다고 한다. 진무원은 승려를 찾아가 내용을 물었지만, 그는 시종일관 침묵으로 함구했다.

그의 행적만 보면 점소이의 말처럼 정말 미친 것 같았다. 일관성도 없고 어떤 특별한 목적도 보이지 않았다. 그저 발길 닿는 대로, 마음 내키는 대로 즉흥적인 기분에 따라 행동하는 것 같았다.

이쯤 되면 포기할 만도 하건만 진무원은 그러지 않았다. 아직까지는 그의 행적을 쫓는 것에 불과하지만 그는 이 미치광이 사내가 왠지 마음에 들었다. 그래서 진무원은 묻고 물어 그의 뒤를 쫓았다. 그렇게 진무원이 도착한 곳은 석림이었다.

석림(石林).

말 그대로 돌이 숲을 이루는 곳이었다. 온갖 기괴한 암석이 마치 울창한 수림처럼 늘어서 있어 예로부터 수많은 시인묵객이 찾아오는 곤명의 명물이었다.

진무원은 석림의 위용에 감탄을 금치 못했다.

"천하에 이런 곳이 있었던가?"

검을 닮은 바위도 있고 부처를 닮은 바위도 있었다. 수많은 바위가 조화를 이루며 수림을 이루고 있는 모습은 자연의 조화가 얼마나 오묘한 것인지 실감나게 했다.

진무원은 석림을 천천히 감상하며 걸음을 옮겼다.

하진월의 마지막 행적은 이곳 석림으로 이어져 있었다. 여기까지 찾아오는 데 꼬박 하루의 시간을 잡아먹었다. 짜증이 날 법도 하건만 진무원의 얼굴에는 그런 기색이 전혀 없었다.

오히려 무진이 소개해 준 하진월이란 인물에게 강한 호기심을 느꼈다. 과연 어떤 인물이기에 이런 기행을 하는 것인지 직접 확인하고 싶었다.

유유자적 걸음을 옮기던 진무원이 문득 걸음을 멈췄다. 그의 얼굴에 곤혹스러운 빛이 떠올라 있다.

바로 앞에 보이는 검을 닮은 바위. 분명 방금 전에 지나왔는데 또다시 눈앞에 나타난 것이다.

"설마?"

진무원이 다시 걸음을 옮겼다. 검을 닮은 바위를 지나쳐 오른쪽으로 꺾었다. 아까와 반대 방향이다. 그런데도 한 식경이 지난 후 다시 돌아온 곳은 검을 닮은 바위 앞이었다.

진무원의 표정이 굳었다.

"진법에 빠진 것인가?"

전방위 감각을 익혀 누구보다 예민한 감각을 가진 진무원이다. 그런 그가 느끼지도 못하는 사이에 진법에 빠지고 말았다.

"단순한 환영진이 아니군."

시야를 현혹하는 환영진에 감각을 왜곡하는 미혼진까지 가미되어 있었다. 다행히 살상을 염두에 두고 펼친 것 같지는 않았지만, 계속 이렇게 제자리를 맴돌다 보면 어느 순간 탈진하게 마련이다.

잠시 주위를 둘러보던 진무원이 허공을 바라보았다. 석림 사이로 창공이 보였다.

팟!

진무원이 대지를 박차며 날아올랐다. 그 순간 주위의 풍경이 바뀌었다. 한 치 앞도 보이지 않는 암흑으로 세상이 돌변한 것이다. 방향을 잃은 진무원은 결국 바닥으로 착지하는 수밖에 없었다. 그러자 원래의 풍경을 회복했다.

진무원의 얼굴에 난감한 표정이 떠올랐다.

"허공으로도 빠져나가지 못한단 말이지?"

진무원은 하진월이 자신을 시험하고 있다고 생각했다.

어디선가 하진월이 지켜보고 있을 것이다. 자신의 역작을 지켜보며 박수를 치고 있을지도 모른다.

"이런 상황, 썩 내키지 않는군."

지혜로운 자를 상대하는 방법은 두 가지였다.

상대보다 더한 지혜를 갖추든가, 지혜와 상관없는 무력을 사용하든가.

진무원이 택한 것은 후자였다.

자신이 모자란 것을 알면서 상대가 가장 자신 있어 하는 것으로 승부를 보는 것이 얼마나 어리석은 일인지 진무원은 잘 알고 있었다. 상대가 가장 자신 있어 하는 것으로 승부를 걸었다면, 이쪽에서도 가장 자신 있는 것으로 나서야 했다.

설화를 잡은 손에 힘이 들어갔다.

우웅!

검명이 석림 안에 울려 퍼졌다. 그리고 설화가 환영을 갈랐다. 밤하늘에 유성이 떨어지듯 석림 안에 한줄기 빛이 번쩍였다.

푸화학!

그를 가로막고 있던 거짓된 세상이 갈라져 나갔다. 그리고 장막 뒤에 숨어 있던 한 남자가 모습을 드러냈다.

"어라?"

*　　　　*　　　　*

남자의 얼굴이 종잇장처럼 형편없이 구겨졌다.

"이게 뭐야? 한나절이나 걸려서 힘들게 펼친 건데."

선이 유달리 고운 남자였다. 널찍한 이마에서 부드럽게 흘러내리는 콧날과 얇은 입술, 그리고 하얀 피부까지. 모르는 사람이 봤다면 여자라고 오해할 정도로 남자의 선은 고왔다. 하지만 그의 입에서 흘러나오는 목소리는 외모와 어울리지 않게 거칠었다.

남자가 진무원을 노려봤다.

"어이, 거기! 이게 뭐 하는 짓이야? 남이 힘들게 펼쳐놓은 진법을 왜 부수고 지랄이야?"

"……."

"내가 아침부터 이걸 펼치느라고 얼마나 뺑이쳤는지 알아? 제길! 이걸 언제 다시 펼치누."

"삼뇌서생 하진월 맞습니까?"

"어라? 나를 알아?"

"공동파의 무진 도장께서 당신을 찾아가라고 하더군요."

"무진이?"

남자가 미간을 찌푸렸다. 그의 이름은 하진월. 진무원이 찾는 바로 그 남자였다.

"너, 그 새끼하고 어떤 관계야?"

"예?"

"그 꼬장꼬장한 새끼가 별 볼 일 없는 놈을 나한테 보내진 않았을 테고, 그래도 자기 기준선을 넘었으니 보냈을 텐데, 너도 공동파의 도사 나부랭이냐?"

"아닙니다."

"그럼?"

"그냥 주먹다짐한 사이라고나 할까요?"

"그래서 누가 이겼는데?"

"지지는 않은 것 같습니다."

"그래?"

갑자기 하진월의 눈빛이 변했다. 마치 흥미진진한 장난감을 바라보는 듯한 그의 눈빛에서 왠지 모를 위험한 기운이 느껴졌다.

"그럼 이겼다는 건데?"

하진월이 진무원의 전신을 아래위로 훑어보더니 갑자기 주위를 맴돌았다.

"흐흠! 겉으로 봐서는 그렇게 강한 것 같지 않은데, 무진을 이겼다는 말이지. 무진이 성격이 지랄 같긴 하지만 무공 하나만큼은 어디 가도 빠지지 않는데. 네놈, 최소 절정은 넘어섰겠구나."

하진월이 자신의 턱을 만지며 계속해서 혼잣말로 중얼거렸다. 진무원은 잠자코 그가 하는 모양새를 지켜보았다.

"무진을 이길 정도의 무력을 갖고 있는데도 표가 나지 않는다? 하하! 이거 제법 음흉한 놈일세."

"오래 살고 싶으니까요."

"그래! 대놓고 나 강하다고 선전하는 놈치고 오래 사는 놈은 드물지. 진정으로 오래 사는 것들은 대부분 너처럼 음흉하게 마련이지."

대놓고 음흉하다는 말에도 진무원은 빙긋 웃기만 했다. 그 모습이 하진월의 호기심을 더욱 자극한 모양이다.

"너, 어디 가지 말고 여기 있어. 일단 하던 일은 끝내고 다시 이야기하자."

진무원이 말없이 고개를 끄덕이자 하진월이 뒤돌아섰다.

하진월이 향한 곳은 진무원이 베어버린 커다란 바위였다. 검을 닮은 바위, 그래서 하진월이 검봉(劍峰)이라 부르는 녀석이었다.

"그런데 너, 어떻게 이놈이 진의 핵심이란 것을 알았느냐?"

"그냥 감으로……."

"감?"

진무원의 대답에 하진월이 어이없다는 표정을 지었다. 진무원이 자신을 놀리는 거라고 생각했기 때문이다. 그러나 진무원의 말은 사실이었다. 가장 강한 기가 느껴지는 곳을 향해서 검을 휘둘렀고, 그곳이 검봉이었다.

"흥! 어지간히도 감이 좋은 놈이군. 네놈, 운이 좋았다. 그때는 진이 완성된 상태가 아니었거든. 진이 완성되었다면 오히려 공격한 네놈이 피를 토하고 죽었을 것이다."

그의 목소리에는 강한 자부심이 담겨 있었다. 진무원은 그의 호언장담이 사실일 거라고 생각했다. 진짜 죽었을지는 모르지만, 최소한 이렇게 맥없이 진이 무너지지는 않았을 것이다.

"무슨 진을 펼친 겁니까?"

"아직은 개념만 잡아가고 있는 단계라 이름 따위는 없다. 완성도 안 된 진법에 이름은 개뿔."

하진월이 투덜거리며 부지런히 움직였다. 진무원은 그가 하는 모양새를 지켜보았다. 그는 진의 매개체로 짐작되는 바위들을 오가며 손을 놀리고 있었다.

거칠기 짝이 없는 손놀림이었지만, 그 안에는 기묘한 현기가 어려 있었다. 그에 진무원의 눈빛 또한 덩달아 침중해졌다. 다른 사람은 몰라도 그는 하진월이 바위를 어루만질 때마다 석림 안의 기운이 증폭되는 것을 느꼈다.

'도대체……'

그가 진에 갇혀 있을 때와는 비교도 할 수 없을 정도였다. 하진월의 말대로 진법이 완성되었다면 그렇게 쉽게 진을 빠져나오지 못했을 것이다.

쿠우우!

시간이 지날수록 대기의 떨림이 강해졌다.

무언가 큰일이 일어날 것 같은 조짐에 진무원은 두 눈을 부릅뜨고 하진월과 진법을 지켜보았다.

하진월과 같은 천재가 심혈을 기울여 고안해 낸 진법이라면 그 위력도 결코 평범하지 않을 것이다. 진무원이 지켜보는 가운데 대기의 떨림은 더욱더 강해져만 갔다.

"하늘과 땅 사이에 사람이 있다. 내가 있음으로 천지의 조화가 일어나고, 내가 없음으로 세상도 존재의 이유를 잃음이다. 결국 내가 존재해야만 세상도 존재하는 법."

하진월이 나직한 읊조림과 함께 마지막 바위에서 손을 뗐다. 그러자 석림 전체가 어두워졌다. 진이 본격적으로 발동된 것이다.

'도대체 무슨 진이기에……'

진무원도 진의 원리를 대충 알고 있고, 간단한 환영진 정도는 펼칠 수 있었다. 하지만 이 정도의 대규모 진을 펼치는 것은 환영진과는 전혀 다른 수준의 이야기였다.

진의 원리를 꿰뚫고 있어야 함은 물론이고, 천문지리에도 능통해야 한다. 그야말로 천하의 모든 학문을 집대성해야만 가능한 일이었다.

대기의 진동이 더욱 강해지면서 긴장감도 고조되고 있었다. 그리고 긴장감이 최고조에 달했을 때 갑자기 대기가 미친 듯이 요동쳤다.

쿠우우!

그 모습에 하진월은 오히려 앙천광소를 터뜨렸다.

"하하! 잘되고 있군. 이제 여기선 갑문만 손을 보면……."

그는 발동되고 있는 진 앞에 서서 두 손을 치켜 올렸다. 그 순간 하늘에서 무언가 번쩍였다.

순간 진무원은 무언가 불길한 예감을 느끼고 하진월을 향해 몸을 날렸다.

"뭐야?"

놀란 하진월이 경호성을 내질렀지만 진무원은 아랑곳하지 않고 그를 안고 대지를 박찼다.

번쩍!

그 순간 하진월이 서 있던 곳에 벼락이 내리꽂혔다

놀란 하진월이 뭐라 하기도 전에 그가 만든 진이 심상치 않은 요동을 일으켰다.

"젠장!"

진무원은 하진월을 안고 다시 몸을 날렸다. 그 직후 하진월이 펼친 진이 붕괴되며 사방으로 폭풍이 몰아쳤다.

쿠콰쾅!

진무원의 품에서 하진월이 그 광경을 망연히 바라보았다. 벽력탄이 터지기라도 한 듯 굉음과 함께 석림이 무너지고 있었다.

"분명 모든 계산이 맞았는데, 뭐가 잘못된 거지? 내 계산이 틀릴 리 없는데……."

하진월이 넋이 나간 사람처럼 중얼거렸다.

그의 계산은 완벽했다. 그가 알고 있는 지식을 모조리 쏟아부었고, 변수까지 계산해서 대비했다. 그런데 결과는 또다시 실패였다.

진무원은 진의 붕괴 여파가 미치지 않는 곳에 도착해 하진월을 내려놨다. 그래도 하진월은 정신을 차리지 못하고 진이 붕괴되는 모습만 지켜보았다.

마치 삶의 의미를 잃은 사람처럼 참담한 표정으로 주저앉은 하진월의 모습에 진무원은 어떠한 말도 할 수 없었다. 그저 그가 스스로 일어나길 기다릴 뿐이었다.

*   *   *

"빌어먹을! 또 실패라니. 어디가 잘못된 거지?"

"……."

"점소이, 여기 오리 구이 한 마리 더."

하진월은 게걸스럽게 오리고기를 뜯고 있었다. 탁자 위에는 그가 해치운 음식의 잔해가 널려 있고, 진무원은 그 모습을 질렸다는 듯이 바라보고 있었다.

마치 세상을 다 산 사람처럼 넋을 놓고 있던 것도 잠시, 이내 그가 찾은 곳은 근처의 객잔이었다. 그는 마치 먹는 것으로 화를 풀기라도 하듯이 엄청난 양의 음식을 시켰다.

게걸스럽게 음식을 먹으며 그는 실패의 원인을 찾으려 진법을 펼치던 과정을 복기하고 있었다.

'천재라는 족속은 다 이런 건가?'

주위에 누가 있든 간에 일단 자신이 화두를 잡은 생각에 빠지면 도무지 헤어나지 못한다. 하진월은 벌써 진무원의 존재를 잊어버린 듯했다.

진무원은 혼자 상념의 세계에 빠진 하진월을 내버려 두고 조용히 술을 마셨다.

한 남자는 미친 듯이 음식을 먹으며 무어라 중얼거리고, 다른 남자는 그 옆에서 조용히 술잔을 기울이고 있다. 그들의 모습은 무척이나 이질적으로 보이면서도 이상하게 어울려 보였다.

한참의 시간이 흐른 후 갑자기 하진월이 고개를 번쩍 치켜들었다.

"그래, 감위(坎位)가 문제였어. 건위(乾位)에서 기운을 휘돌려서 나올 때 완충 지대가 필요했는데 전혀 그러지 못했어."

그가 환해진 표정으로 몸을 일으켰다. 진무원이 술잔을 내려놓으며 물었다.

"왜 그러십니까?"

"왜라니? 문제점을 알아냈으니 다시 가서 진을 펼쳐봐야지."

"날이 어두워졌습니다. 아마 진을 펼치기 쉽지 않을 겁니다."

"응?"

그제야 하진월이 고개를 들어 창밖을 바라봤다. 진무원의 말처럼 사위가 이미 어두워져 있었다.

"젠장! 겨우 해결책을 알아냈는데……."

하진월이 아쉽다는 듯이 중얼거렸다. 그러다가 진무원의 앞에 놓인 술병을 발견하고는 눈을 빛냈다.

그가 진무원에게 술잔을 내밀었다.

"나도 한 잔 따라봐라."

진무원은 말없이 그의 술잔에 술을 가득 채웠다. 하진월은 단숨에 술을 들이켜고 다시 진무원에게 술잔을 내밀었다. 그렇게 연거푸 석 잔을 마신 후에야 하진월이 만족스러운 표정을 지었다.

"크으! 이제야 살 것 같네."

"문제는 다 풀렸습니까?"

"확인해 보기 전에는 모르지. 그래도 실마리는 찾은 것 같으니까 시험해 보려는 거지."

"하늘이라도 가두려는 겁니까? 무슨 진법이 그렇게 요란법석합니까?"

"하늘? 흐흐! 그럴 수 있었으면 좋겠군. 흐흐흐! 정말 그랬으면 좋겠어."

하진월이 다시 연거푸 술잔을 들이켰다.

진무원은 하진월에게 무언가 사정이 있음을 직감했다. 하지만 굳이 물어보지는 않았다. 누구에게나 남에게 말 못할 사정은 있는 법이니까.

진무원이 말없이 술잔을 들이켜자 이번에는 하진월이 호기심 어린 눈으로 진무원을 바라보았다. 그러고 보니 무진이 소개시켜 줬다는 것 외에는 진무원에 대해 아는 것이 하나도 없다는 사실이 떠올랐다.

"너 도대체 정체가 뭐냐?"

"진무원입니다."

"아, 이름 말고 정체가 뭐냐고."

"그런 거 없습니다."

"흐음! 그렇게 나온단 말이지? 좋아, 그건 넘어가지. 그럼 무슨 일 때문에 날 찾은 거야?"

"사람을 찾으러 왔습니다."

"사람? 그런 거라면 차라리 하오문을 찾아가는 게 나을 거다. 난 또 뭐 대단한 일이라고."

"여섯 달 전 이곳 곤명에서 실종되었습니다."

진무원의 말에 술잔을 입으로 가져가던 하진월의 동작이 딱 멈췄다. 그가 술잔을 내려놓으며 진무원을 바라봤다.

"여섯 달 전이면 백룡상단이 이곳에 들어왔다가 불과 며칠 만에 실종됐지. 백룡상단과 연관 있나?"

"맞습니다."

"흐음!"

"아시는 거 있습니까?"

"찾는 사람이 혈육이냐? 동생이나 누나, 뭐 이런 것."

"아닙니다."

"그럼 포기해."

"그럴 수 없습니다."

"네놈 목숨이 위험해도?"

하진월은 더 이상 웃고 있지 않았다.

"그는 제가 목숨을 걸 만한 가치가 충분한 사람입니다."

진무원도 더 이상 웃지 않았다.

4장

움직이지 않아도 사람들이 찾아온다

비가 내리고 있었다.

세상을 쓸어버리기라도 하듯이 거세게 쏟아져 내리는 빗속에 한 남자가 서 있었다. 빗방울이 청석으로 된 바닥을 때리며 마치 철판에 콩을 볶는 듯한 요란한 소리가 울려 퍼지고 있었지만, 남자는 아무런 감흥 없는 표정으로 세상을 바라보고 있었다.

두 발로 서 있는 곰을 연상시킬 정도로 거대한 덩치와 그에 걸맞은 압도적인 존재감을 풍기는 남자는 바로 권마 조천우였다. 마치 석상이라도 된 듯 움직이지 않는 그의 거대한 동체를 따라 빗물이 흘러내리고 있었다.

그는 한동안 말없이 어두운 곤명을 응시하기만 했다. 그에 따라 숨 막힐 것 같은 적막감이 사위를 지배했다.

예전 같으면 불야성을 이뤘을 곤명이다. 하지만 일련의 사태가 터지면서 운남성 전체의 경기가 악화되었고, 운남의 중심이라 할 수 있는 곤명은 직격탄을 맞고 말았다.

곤명의 경기 침체는 패권회에도 악영향을 끼치고 있었다. 수입이 줄면서 패권회의 운영에도 비상이 걸렸다. 줄어든 수입만큼 경비를 줄여야 했기 때문이다.

점창파와 운남성의 주도권을 놓고 힘겨루기를 하던 패권회에겐 그야말로 치명적인 타격이었다.

그때 빗속을 뚫고 누군가 조천우의 곁으로 다가왔다

"아버님."

조천우와 달리 날렵한 체형에 평범한 체구의 젊은 남자의 이름은 조운경, 권마 조천우의 장남이었다.

조천우의 서늘한 시선이 조운경을 향했다. 아들을 바라보는 그의 눈빛은 무덤덤하기만 했다.

"무슨 일이냐?"

"백룡상단에서 사람을 보내왔습니다."

"백룡상단?"

"여섯 달 전에 이곳에 들어왔다가 실종된 이들이 있는 모양입니다."

"도움을 요청하러 온 것인가?"

"그런 것 같습니다."

"몇 번째더냐?"

"이번이 여섯 번째입니다."

"바꿔 말하면 여섯 개 이상의 상단이 운남성에서 실종되었다는 뜻이구나."

조천우의 눈빛이 더욱 서늘해졌다.

"이 문제를 더 이상 좌시할 수 없습니다, 아버님. 저희와 연관된 상단들도 동요하고 있습니다."

"흠!"

"이제는 그들을 다독여야 합니다."

"……."

"아버님."

"그 문제는 네가 알아서 처리하거라. 그리고……."

"예?"

조천우가 말을 끊자 조운경이 의아한 표정으로 바라보았다. 무언가를 말할 듯 입술을 달싹이던 조천우가 고개를 저었다.

"아니다. 그들이나 잘 다독이거라."

"알겠습니다."

"물러가거라."

"예!"

조운경이 조천우에게 고개를 숙이고 천천히 물러났다. 조천우는 그런 조운경의 모습을 물끄러미 바라보았다.

마침내 조운경의 모습이 완전히 사라지자 그가 누군가를 불렀다.

"엽평."

"예, 주군."

그 순간 소리도 없이 빗속에서 누군가 나타났다. 붉은 화의를 입은 사십 대 초중반의 왜소한 남자였다. 남자는 약간은 꾸부정하게 허리를 숙이고 있었는데, 그 때문에 더 왜소해 보였다.

남자의 이름은 엽평. 패권회의 정보 조직인 천안통의 수장이었다. 권마 조천우가 믿는 유일한 사람이기도 했다.

"자네가 보기엔 운경인 어떤 것 같은가?"

"무슨 말씀이신지?"

"후계자로서 운경이 어울리는지 말이야."

"잘하고 계십니다."

"정말인가?"

"수하들에게 신망이 높고 일 처리도 나름 야무지십니다. 그 정도면 충분하지 않을까요?"

"다 좋은데 그 녀석은 마음이 여린 것이 흠이야. 훌륭한 지배자가 되려면 소소한 정에 얽매어서는 안 되거늘."

"차차 배워 가면 되지 않겠습니까? 아직 시간이 많이 남아 있습니다."

엽평이 미소를 지었다.

그는 조천우가 걱정하는 바를 잘 알고 있었다.

조운경은 조천우와 여러모로 달랐다. 외모뿐 아니라 성향도 백팔십도 달랐다. 패도적이면서도 불같은 성정의 조천우에 비해 조운경은 합리적이고 조용한 성격이었다.

"패자의 업을 이어받을 녀석이야. 녀석이 나의 결정을 어떻게 받아들이지 걱정되는군."

"분명히 잘 극복하실 수 있을 겁니다. 주군이 호랑이라면 소주 역시 호랑이니까요."

"어쨌거나 이번 일에서 운경은 철저하게 배제시키게. 녀석이 사실을 알면 분명 받아들이지 못할 거야."

"그리하겠습니다."

"나는 겨우 운남성 한 귀퉁이로 만족할 생각이 없어. 그랬다면 그때 형님으로 모시던 진 문주를 배신하지도 않았을 거야."

그가 자신의 주먹을 내려다보았다.

곰 발바닥처럼 두꺼우면서도 커다란 주먹에는 굳은살이

옹이처럼 깊게 박혀 있다. 손가락을 몇 번 꼼지락거리자 극한으로 단련된 근육이 터질 것처럼 꿈틀거렸다. 온몸 가득 강력한 힘이 느껴졌다.

"힘을 가지고 있으면서도 쓰지 않는 건 죄악이지."

그의 중얼거림에 엽평의 미소가 더욱 짙어졌다.

세상은 강자를 중심으로 돌아간다. 힘을 가진 자가 침묵을 지키는 세상은 오히려 혼돈으로 가득할 뿐이다.

조천우는 북천문의 곁가지로 남아 있기에는 너무나 큰 야망과 힘을 가지고 있었다. 그는 중원으로 진출해 패권을 다투길 원했다. 하지만 문주 진관호는 북벽이란 별호처럼 꿈쩍도 하지 않았다.

그는 밀야를 막는 북천문 본연의 임무에만 충실했다. 세상을 오시할 수 있는 힘을 가지고도 어떻게 그렇게 초연하게 살아갈 수 있는지, 어떻게 세상의 권력에 무심할 수 있는지 조천우는 도저히 이해할 수 없었다.

그래서 조천우는 진관호가 아닌 운중천을 택했고, 그 결과 운남성에 입성할 수 있었다. 그는 결코 자신의 결정을 후회하지 않았다.

"저 역시 그래서 주군을 따라왔습니다. 주군은 앞만 보고 가십시오. 나머지 소소한 것들은 제가 알아서 처리하겠습니다."

"고맙군."

"이제 가보겠습니다, 주군."

"출발하려는가?"

"다행히 늦지 않게 모든 준비가 끝났습니다. 그래도 늦지 않게 도착하려면 부지런히 움직여야 할 것 같습니다."

"운중천에서 개입하기 전에 반드시 일을 끝내야 할 게야."

"걱정하지 마십시오. 다만 생각보다 피를 많이 보게 될 거 같아 마음에 걸리는군요."

"후후! 대업엔 반드시 희생이 따르는 법. 자잘한 원망이 두려워 망설일 것 같았으면 이 길을 걷지도 않았을 거야."

"생각보다 파장이 클 겁니다. 차후 닥쳐올 후폭풍을 최소화하는 데 주력해야 합니다."

"얼마나 예상하지?"

"최소 수백, 어쩌면 그 몇 배 이상의 사람이 죽어나갈 겁니다."

"오랜만에 피비가 내리겠군."

조천우의 거대한 몸체 위로 폭우가 쉴 새 없이 퍼부었다. 비를 맞으며 조천우는 천하를 굽어보았다.

엽평이 조천우에게 고개를 깊숙이 숙여 보인 후 조용히 물러났다.

　조운경이 대전 안으로 들어가자 기다리고 있던 이들이 일어났다.

　공진성과 윤서인, 용무성과 종리무환이었다. 그들을 대표해 용무성이 인사를 했다.

　"이렇게 불쑥 찾아와서 죄송합니다. 철기당주 용무성이라고 합니다. 이쪽은 종리 부당주, 다른 분들은 백룡상단의 호상단을 이끄는 공 단주님과 윤 소저입니다."

　"만나서 반갑습니다. 자리에 앉으시죠."

　"감사합니다."

　용무성 등이 자리에 앉자 조운경이 태사의에 앉았다.

　'과연!'

　용무성은 그런 조운경의 모습을 보며 내심 감탄사를 터뜨렸다.

　조천우처럼 패도적이진 않지만 좌중을 휘어잡는 무게감이 엿보였다. 행동과 말투는 진중하고 눈빛은 맑고 행동엔 절도가 있었다. 명문가의 혈통이란 이런 것이라고 보여주는 것 같았다.

　"철기당에 관한 무용담은 많이 들었습니다. 이번에는 백룡상단의 의뢰를 받았나 보군요?"

"그렇습니다. 저희는 실종된 이들을 구하기 위해 최선을 다할 겁니다."

"이야기만 들어도 든든하군요."

조운경이 고개를 주억거리며 용무성을 바라봤다. 용무성은 조운경의 시선을 피하지 않았다.

조운경은 용무성의 겉모습이 자신의 아버지와 비슷하다고 생각했다. 그만큼 두 사람의 겉모습은 많이 흡사했다. 사내다운 외모에 외부로 발산하는 박력까지도. 그래서 흥미가 생겼다.

그가 물었다.

"실종된 자들을 추적할 만한 단서는 찾은 겁니까?"

"아직까지는 저희도 막막하기만 합니다. 그래서 패권회를 찾아왔습니다."

용무성은 솔직히 속내를 털어놨다.

적귀병단과 싸우기 전이었다면 패권회에 이렇게 일찍 찾아오지 않았을 것이다. 적귀병단은 결코 쉽게 볼 수 있는 존재가 아니었다. 문제는 그들과 같은 자들이 운남성에 얼마나 더 도사리고 있는지 알 수 없다는 것이다.

'피해를 줄이기 위해서는 패권회와 반드시 손을 잡아야 한다.'

조운경은 그런 용무성의 속내를 꿰뚫어 봤다.

이 일로 인해 천하십대상단 중 하나인 백룡상단과 든든한 고리를 만들어둘 수 있다면 패권회에게도 나쁜 일이 아니었다.

문제는 조건이었다.

조운경이 물었다.

"단순히 정보의 공유를 원하는 겁니까? 그렇다면 저희도 딱히 해줄 것이 없습니다만."

"그렇다면 저희도 굳이 패권회를 찾아올 이유가 없었을 겁니다."

대답을 한 이는 공진성이었다.

그가 옆에 앉아 있는 윤서인을 가리키며 말했다.

"이번 원행의 책임자인 아가씨입니다. 실종된 윤자명 공자의 친동생이지요. 이 정도면 저희가 어떤 각오로 찾아왔는지 충분히 짐작하리라 믿습니다."

"그렇군요."

조운경이 윤서인을 바라보았다. 그의 눈빛을 받은 윤서인이 고개를 푹 숙였다. 그의 얼굴을 본 순간부터 왠지 모르게 가슴이 두근거려 똑바로 바라볼 수가 없었다.

"오라버니를 찾을 수 있도록 저희 패권회는 협조를 아끼지 않겠습니다, 윤 소저."

"가, 감사해요."

조운경이 미소를 지으며 용무성과 종리무환을 바라보았다.

윤서인은 협상의 상징일 뿐 주체가 아니었다. 용무성과 종리무환이 이제부터 그가 상대해야 할 존재였다.

"이제부터 기나긴 이야기를 나눠야 할 것 같군요. 부디 좋은 협상 결과가 도출되길 바랍니다."

"저희도 그렇습니다."

"그럼 시작해 볼까요?"

조운경의 말이 끝나기가 무섭게 밖에서 문사 복장을 한 두 남자가 안으로 들어왔다. 패권회의 책사들이었다. 본격적인 협상은 그들이 할 것이다.

조운경의 역할은 지켜보는 것이었다.

그의 표정이 어두웠다.

'강호에 더 이상 정의나 의리는 존재하지 않는다. 오직 조그만 이권에도 목숨을 거는 아귀다툼만이 존재할 뿐. 차라리 북방에 있던 때가 그립구나.'

그의 인생에서 가장 행복한 때였다. 그때는 정말 모든 것이 자유로웠다.

그가 창밖을 바라보았다. 여전히 비가 거세게 내리고 있었다.

'무원, 너에게는 진심으로 미안하구나. 하나 난 이미 멈출

수 없는 마차에 올라탔다. 이 끝에 절벽이 있더라도 결코 내릴 수가 없단다.'

*　　　*　　　*

진무원과 하진월은 어깨를 나란히 한 채 곤명으로 돌아왔다. 태평객잔 앞에 도착하자 하진월이 작별을 고했다.

"아까 내가 한 말 명심하거라."

"정말 같이 가지 않으실 겁니까?"

"흐흐! 내가 굳이 그 진흙탕에 발을 담글 필요는 없지. 이렇게 마음 편히 살고 있는데 뭐하러 긁어 부스럼을 만들겠느냐?"

"두려운 것은 아니구요?"

진무원의 말이 뜻밖이었는지 하진월이 미간을 찌푸렸다.

"왜 그렇게 생각하느냐?"

"당신의 행적을 추적하면서 많은 사람을 만났습니다. 하나같이 당신의 기행을 언급하며 제대로 미쳤다고 하더군요."

"흐흐! 뭐, 어느 정도는 미친 것도 사실이지. 그런데 네놈 생각은 다르다 이 말이냐?"

진무원이 고개를 끄덕였다.

"제가 보기엔 미친 것이 아니라 무언가 당신을 그렇게 절박한 구석으로 몰아넣은 것 같더군요."

미친 자의 행동은 결코 합리적이지 않다. 이성이 마비되었기에 논리적일 수 없기 때문이다. 하지만 하진월은 달랐다. 그는 일반인의 상식으로는 이해할 수 없는 기행을 일삼고 있었지만, 자세히 살펴보면 일관된 흐름이 있었다.

바로 인간에 대한 이해였다. 극한까지 몰린 인간이 어떤 행동을 하는지, 이것이 또 어떻게 천지의 이치와 조화가 되는지에 대해 탐구하는 것 같았다.

미친 사람은 결코 할 수 없는 행동이었다. 그 시발점이 무엇이든 간에 결코 자의는 아니었을 것이다. 진무원은 알지 못하는 무언가가 그를 그렇게 절박한 구석으로 몰아넣은 것이 틀림없었다.

"제멋대로 넘겨짚지 마라. 나를 네놈의 상식으로 이해할 수 있다고 생각하지도 말고."

"물론입니다. 그래도 추측해 볼 수는 있지요."

"흥! 하여간 내 말, 절대 흘려듣지 말거라. 그래도 정 해야겠다면 옥계(玉溪)에 가보거라."

"옥계?"

"내가 말해줄 수 있는 것은 딱 거기까지다. 그것도 무진과의 정리를 생각해서 해주는 말이다."

"감사합니다."

"잘해보거라."

하진월이 휘적거리며 빗속으로 사라져 갔다. 진무원은 한참 동안이나 하진월이 사라진 방향을 바라보다가 객잔 안으로 들어갔다.

"형!"

곽문정이 진무원을 반가이 맞았다.

"심심하지는 않았느냐?"

"무공을 익히느라 시간 가는 줄도 몰랐어요. 형은 갔던 일은 어떻게 잘됐나요?"

"원하던 바는 다 이루지 못했지만, 그래도 소기의 성과는 얻은 것 같구나."

"다행이네요."

"내일 아침 일찍 옥계로 갈 테니 미리 준비해 놓거라."

"알았어요."

"식사는?"

"아직요. 형이랑 같이하려고 기다리고 있었어요."

"나도 하루 종일 아무것도 먹지 않았더니 출출하구나. 같이 먹자."

"예!"

진무원은 점소이를 불러 간단한 음식 몇 가지를 주문하고 창가 자리에 자리를 잡았다.

초저녁부터 내린 비는 시간이 가도 멈출 줄 모르고 오히려 더욱 거세게 쏟아지고 있었다. 진무원과 곽문정은 한동안 말 없이 비가 내리는 곤명의 풍경을 바라보았다.

말은 하지 않았지만 진무원의 심정은 매우 복잡했다. 하진월이 한 말 때문이었다.

"누군가 거대한 판을 짰어. 겨우 운남성의 패권을 장악하자고 이 정도의 판을 짰을 리 없을 거야. 누가 됐든 간에 이번 사태에 휩쓸리는 순간 거센 운명의 소용돌이에 휘말리게 될 거야."

하진월은 분명 무언가를 알고 있는 듯했다. 하지만 자세한 내용은 진무원에게 말해주지 않았다.

'적귀병단주라는 남군위도 그런 말을 했다. 그가 그림을 그리고 자신은 수족에 불과할 뿐이라고.'

적귀병단을 수족으로 부리는 자.

그가 이 모든 일의 배후에 있을 가능성이 농후했다. 이렇게 되니 그때 남군위를 잡지 못한 것이 더 아쉬웠다.

"형!"

그때 곽문정의 목소리가 그의 상념을 깼다.

"왜 그러느냐?"

"방금 전 형, 굉장히 무서웠어요."

"내가?"

"예!"

곽문정이 얼어붙은 표정으로 대답했다.

진무원은 알지 못했지만, 조금 전 질식할 듯한 그의 존재감이 객잔 안을 가득 채웠다. 그 때문에 곽문정을 비롯한 점소이는 숨조차 쉬기 힘들 정도였다.

점소이가 주눅 든 얼굴로 쟁반을 들고 진무원이 앉아 있는 탁자로 다가왔다.

"저, 손님, 음식 나왔습니다."

점소이의 새파랗게 질린 얼굴을 보자 진무원은 미안한 마음이 들었다.

점소이는 진무원의 탁자에 급히 음식을 내려놓고 후다닥 주방으로 도망갔다. 그 모습에 진무원이 쓴웃음을 지었다. 자신도 모르는 사이 기운을 개방한 것이 미안했다.

"먹자꾸나."

"예."

두 사람은 말없이 젓가락질을 했다.

창밖으로 비가 쏟아지고 있었다.

*   *   *

유가의방(柳家醫房)은 침술이 뛰어나기로 곤명에서 제법 유명한 곳이었다. 그 때문에 평소 어깨에 힘을 주고 다니는 유 의원이었지만, 오늘은 그런 모습을 찾아볼 수 없었다. 그는 진땀을 뻘뻘 흘리고 있었다.

　"의원님, 여기 침 좀 놔주시오."

　"잠시만 기다리시오. 여기 먼저 보고 있는 환자가 있으니."

　"크! 아파서 견딜 수가 없어서 그럽니다."

　"알겠소. 금방 가겠소."

　여기저기서 환자들이 아우성이었다.

　일반적인 환자들이 아니었다. 하나같이 무기를 가지고 있는 무인들이었다. 그들의 상처 또한 일반적인 것이 아니었다. 검이나 도로 인한 자상이 주를 이루고 있었다.

　한꺼번에 스무 명이 넘는 환자가 몰려와 아프다고 아우성을 치니 혼이 쏙 빠져나가는 기분이었다.

　몇 안 되는 제자들까지 동원해 환자들을 돌보고 있지만 역부족이었다. 아직 그의 제자들은 이런 상처를 치료할 만한 역량을 갖추고 있지 못했다.

　도움을 요청하는 환자들의 목소리와 신음 소리가 섞여 유가의방 안은 아수라장이나 다름없는 풍경을 연출하고 있었다.

'제기랄! 백룡상단만 아니었어도 모조리 쫓아냈을 텐데. 이 오밤중에 이 무슨 고생이란 말인가?'

유 의원이 상처를 치료하는 무인들은 바로 백룡상단의 보표들이었다. 적귀병단에게 상처를 입은 이들을 이곳에 보내 치료를 받게 한 것이다.

서초경도 백룡상단의 보표 중 한 명이었다. 그는 배에 검상을 입고 있었는데, 동여맨 붕대 사이로 진물이 흘러나와 그를 고통스럽게 하고 있었다.

고통을 견디다 못한 그가 유 의원을 불렀다.

"의원님, 여기 좀 빨리 오시면 안 되겠습니까? 크윽!"

그러나 유 의원은 다른 환자들을 돌보느라 그의 목소리를 듣지 못했다. 그사이 서초경의 얼굴은 더욱 하얗게 질려가고 있었다.

"크윽!"

"내가 잠깐 봐주겠습니다."

그때 누군가 다가와 말했다. 지독한 통증에 정신이 없는 서초경은 무작정 고개만 끄덕였다. 그러자 그가 붕대를 풀고 상처를 살폈다.

"흠! 상처가 아주 짓이겨졌군. 일반적인 검이 아닌 중병기에 당한 상처군."

"의, 의원님, 어떻게 나을 수 있겠습니까?"

"걱정하지 마십시오. 병신이 될 것 같지는 않으니까요."

"예?"

"아, 죽을 것 같지는 않다는 말입니다. 흐흐!"

서초경이 고개를 들어 상처를 살펴보는 의원을 보려 했다. 하지만 눈에 초점이 맞지 않아 의원의 얼굴을 똑바로 볼 수가 없었다. 그 순간에도 의원은 서초경의 상처를 보며 중얼거리고 있었다.

"확실히 중원에서는 쉽게 볼 수 없는 패도적인 종류의 무공이군. 이런 상처를 입어서는 쉽게 완치도 되지 않겠어. 죽이진 못하더라도 전투력만큼은 확실히 뺏겠다는 의도로 만들어진 무공이군. 당금 강호에 이런 무공을 사용하는 단체가 있던가?"

"의원님, 치료는……."

"아, 걱정하지 마십시오. 당장 죽지는 않을 것 같으니까."

"그러니까 치료를 해주셔야……. 크윽!"

"괜찮을 겁니다."

"아!"

의원은 다시 서초경의 붕대를 감아주고 일어났다. 그런데 신기하게도 상처의 통증이 현저히 줄어들었고 흘러나오던 고름도 멈췄다. 그사이 치료를 해준 의원의 모습은 사라졌다.

뒤늦게 유 의원이 서초경에게 다가왔다. 그가 서초경의 붕대를 풀어보더니 미간을 찌푸렸다.

"응? 자네, 누가 치료해 준 것인가?"

보기 흉하게 벌어져 있던 상처가 완벽하게 지혈이 되어 있었다. 전문적인 의원의 솜씨는 아니었지만, 그래도 이 정도면 그에 못지않았다.

"좀 전에 다른 의원님이⋯⋯."

"다른 의원?"

유 의원의 얼굴에 의아한 빛이 떠올랐다. 자신 외에 유가의 방에 이 정도의 솜씨를 가진 의원은 존재하지 않았기 때문이다.

"대체 누가?"

유가의방을 빠져나온 의원은 갑자기 머리를 박박 긁었다. 그 잠깐 사이 그의 얼굴이 변했다. 분명 방금 전까지 중년의 평범한 얼굴이었는데, 지금은 육십 대 노인의 모습으로 변해 있었다.

"이건 노동력 착취야. 젠장! 쉴 시간은 줘야 할 것 아냐."

투덜거리는 목소리마저 탁한 것이 노인의 음성이었다. 하지만 말투만큼은 종잡을 수 없을 만큼 재기 발랄하게 느껴졌다.

남자의 이름은 청인. 정보 조직인 흑월에서도 최고의 정보

수집 능력을 지녔다는 천자조의 비월이었다.

흑월 내에서 청인의 별호는 십보십변(十步十變). 열 걸음을 걷는 동안 전혀 다른 열 명의 모습으로 변한다 해서 붙여진 별호였다. 그가 노인인지, 어린아이인지, 심지어는 남자인지 여자인지조차 알지 못했다.

청인의 진정한 모습을 아는 이는 오직 한 명, 흑월주뿐이었다.

악양(岳陽)에서의 임무가 끝난 게 불과 얼마 전이다. 임무가 끝나기 무섭게 이곳 운남성으로 파견된 것이다.

그가 문득 왼쪽 다리를 주물렀다.

"아파 죽겠네. 아무리 임무가 중요해도 쉴 시간은 줘야지. 임금은 쥐꼬리만큼 주면서 아주 살뜰하게 부려먹는다니까. 똥통에 튀겨 죽일 인간들 같으니라구. 쳇!"

임무 중 입은 상처가 아직도 완전히 낫지 않았는지 바늘로 쿡쿡 찌르는 듯한 통증이 느껴졌다. 운신하는 데 불편함은 없었지만, 여간 신경 쓰이는 것이 아니었다.

"운남성에 출현한 정체불명의 적들을 추적하고, 덤으로 진무원이란 자를 감시하라고? 내가 분신술이라도 할 줄 안다고 착각하는 거 아냐? 미친 인간들. 하여간 현장에 한 번도 나와 보지 않은 것들이 이런 얼토당토않은 명령을 내린다니까."

말은 그렇게 했지만, 청인은 그 어떤 임무도 소홀히 할 생각이 없었다.

지난 며칠간 그는 백룡상단의 행적을 추적했다. 운남성에 들어와 곤명에 도착할 때까지의 행적을 샅샅이 뒤진 것이다. 그 결과 백룡상단이 운남성의 초입에서 정체불명의 적들과 싸웠다는 사실을 알아냈다.

그는 백룡상단과 정체불명의 적들이 싸운 현장을 찾아 면밀히 살폈다. 그는 주변의 상황과 남겨진 흔적을 통해 백룡상단을 습격한 자들의 역량이 범상치 않다는 사실을 알아냈다.

하지만 그가 알아낸 것은 어디까지나 정황을 통한 추측에 불과했다. 눈으로 확인할 수 있는 증거를 찾아내야 했다. 그것이 그가 백룡상단이 치료를 받고 있는 유가의방을 찾은 이유였다.

서초경의 상처를 통해 정체불명의 적들이 쓰는 무공의 종류를 대략적으로 유추해 낼 수 있었다. 모르는 사람들은 별사소한 것에 신경을 다 쓴다고 하겠지만, 이런 소소한 것들이 모여 중요한 정보가 되는 법이었다.

정체불명의 적들을 완전히 밝히지는 못했지만, 그래도 추적할 만한 단서는 알아낸 셈이다.

"그럼 이제부터 진무원이란 자를 감시해야 하는데, 어떤 얼굴이 좋으려나?"

청인의 얼굴에 개구쟁이처럼 짓궂은 표정이 떠올랐다. 노인의 모습과는 전혀 어울리지 않는 생동감이 절로 발산되고 있었다.

그의 눈에 태평객잔이 들어왔다. 열린 창문 사이로 술잔을 기울이고 있는 진무원의 모습이 보였다.

"흠!"

그의 입꼬리가 히죽 올라갔다.

*　　　*　　　*

곤명의 밤은 고요했다. 불은 모두 꺼지고 사람들은 일찍 잠자리에 들었다. 지난 여섯 달 동안 곤명은 늘 이랬다. 마치 활력이 사라진 도시 같았다.

진무원이 머물고 있는 태평객잔 역시 적막하기 그지없었다. 주방의 불은 꺼졌고, 얼마 안 되는 손님들은 모두 잠자리에 들었다.

진무원과 곽문정도 일찍 잠자리에 들었다. 피곤했던지 곽문정은 금세 수마에 곯아떨어졌다. 불 꺼진 방 안에 그의 고른 숨소리만이 들려오고 있었다.

진무원도 누웠지만 쉽게 잠이 오지 않았다. 결국 진무원은 침상을 박차고 일어났다. 하루쯤 잠을 자지 못한다고 해서 크게 지장 받는 것도 아니었고, 그냥 이렇게 시간을 덧없이 보내는 것도 아까웠다.

그가 찬바람을 쐬기 위해 창문을 열 때였다.

따라랑!

어디선가 은은한 금음(琴音)이 들려왔다. 누군가 탄주를 하고 있었다. 바람을 타고 전해지는 금음에는 사람의 심금을 울리는 힘이 담겨 있었다.

처음엔 단순히 듣기 좋은 소리라고만 생각하던 진무원의 표정이 갑자기 딱딱하게 굳었다.

'이건?'

마치 격랑을 만난 조각배처럼 그의 가슴이 사정없이 요동치고 있었다. 음률 하나하나가 비수가 되어 진무원의 가슴을 난도질하고 있는 것 같았다.

진무원은 급히 곽문정을 바라봤다. 하지만 곽문정은 아무것도 못 느끼는 듯 여전히 편안한 표정으로 자고 있다.

'나를 부르는 것인가?'

진무원이 설화를 집어 들었다.

미지의 존재는 진무원을 부르고 있었다. 오직 그만이 금음의 영향을 받고 있다는 사실이 그것을 증명하고 있었다. 그리고 진무원은 부름에 피할 생각이 없었다.

진무원은 창밖으로 몸을 날렸다.

밖으로 나오자 금음이 더욱 선명해졌다. 마치 해일이 밀려

오듯 금음이 격렬하게 울려 퍼졌다. 그런데도 이상하게 누구 한 명 창문을 열거나 불을 밝히는 사람이 없었다. 그 말은 곧 그들에겐 금음이 영향을 끼치지 않는다는 뜻이다.

반면 진무원은 마치 망치로 가슴을 두들기는 듯한 충격을 받고 있었다. 진무원은 급히 내공을 끌어올렸다. 만영결을 운용해 심맥을 보호하자 진무원의 표정이 한결 편해졌다.

'가공할 음공(音功). 천하에 누가 있어⋯⋯.'

아직 강호에 나온 지 얼마 되지 않았지만, 이 정도의 음공의 대가가 있다는 소문은 아직 듣지 못했다.

일반적으로 검이나 도로 고수가 되는 것보다 음으로 고수가 되는 것이 어렵다고 알려져 있었다. 단순히 음공이 다른 무공보다 수준이 높아서가 아니라 그만큼 익힌 사람이 희귀하기 때문이었다.

익힌 사람이 드물기에 전해지는 비전 또한 극히 적었고, 그결과 익힐 수 있는 음공의 수가 한정되어 있었다. 설령 운이 좋아 음공을 익힌다고 하더라도 상승지경으로 가는 길목이 너무나 좁았다. 그 때문에 무림사를 통틀어 봐도 음공으로 고수가 된 자의 수는 극히 소수에 불과했다.

마침내 진무원이 도착한 곳은 곤명 외곽의 조그만 호수였다. 호숫가에는 조그만 정자가 있었는데, 그곳에 누군가 앉아 금을 연주하고 있었다.

머리에는 유건을 쓰고 새하얀 장삼을 입은 남자였다. 날카로운 얼굴선만큼이나 선명한 검미, 반쯤 감은 검은 눈동자는 신비로우면서도 몽환적인 분위기를 물씬 풍겼다.

남자는 진무원이 도착한 것을 아는지 모르는지 오직 탄주에만 집중하고 있었다.

따다당!

탄주가 절정에 달했는지 금음이 마치 노도처럼 호수에 울려 퍼졌다. 그에 표면에 파문이 일더니 곧 격렬한 물결이 호수 전체로 퍼져 나갔다.

따아앙!

그리고 마침내 남자의 연주가 끝나는 순간 파문도 거짓말처럼 가라앉았다. 그제야 남자가 고개를 들어 진무원을 바라보았다.

유건을 쓴 남자의 입가에 옅은 미소가 걸리더니 얼굴 전체로 번져 나갔다. 마치 진무원이 이곳에 온 것이 반가워서 어쩔 줄 모르겠다는 표정이었다.

그가 입을 열었다.

"역시 왔군요."

"나를 불렀으니까요."

그러자 남자가 금을 들고 일어났다. 은은한 달빛이 그의 장삼을 타고 흘렀다.

"당신은 나를 아는 것 같은데 나는 당신을 알지 못하는군요."

"이런, 실례를 범했군요. 내 이름은 금단엽이라고 합니다, 진 소협."

자신을 금단엽이라 소개한 남자가 정자를 내려와 진무원에게 다가왔다.

금단엽의 목소리는 무척 나지막하면서 조곤조곤했다. 그런데도 이상하게 귀에 쏙쏙 들어왔다. 그가 연주하는 금음만큼이나 선명하면서도 매력적인 음성이었다.

"역시 그에게 들은 것처럼 대단하군요. 나의 천리영음(千里靈音)에 응한 이는 당신이 처음입니다."

"그?"

"이미 만난 적이 있을 겁니다. 남군위라고……."

진무원의 눈매가 가늘어졌다.

"그림?"

"그렇습니다. 그는 저와 매우 절친한 사이입니다."

진무원의 심장이 거세게 뛰었다.

그는 남군위가 말한 큰 그림을 그린 자가 눈앞의 사내란 것을 본능적으로 알아차렸다.

"당신이군요. 운남성에서 일어나는 일을 계획한 자가."

"군위가 거기까지 이야기했나요?"

금단엽이 뜻밖이라는 표정을 지었다. 그러나 이내 다시 미소를 지으며 고개를 끄덕였다.

"하긴 당신이라면 그 이상도 말해줄 수 있을 것 같군요. 군위가 그렇게 처참하게 당한 것은 생전 처음 보았어요. 그래서 당신에게 호기심이 생겼구요."

금단엽은 남군위의 호승심과 무공에 대해 너무나 잘 알고 있었다. 남군위는 광오한 성격에 걸맞은 강대한 무력을 소유하고 있었다. 최소한 운남성에서 그를 상하게 할 만한 자는 몇 명 존재하지 않았고, 그래서 안심하고 그에게 임무를 맡길 수 있었다.

하지만 남군위가 진무원에게 상처를 입고 돌아오면서 한 치의 틈도 없이 톱니바퀴처럼 맞물려 있던 그의 계획에 큰 차질이 생겼다.

예정에 없는 변수의 등장이었다. 그가 염두에 둔 변수 어디에도 진무원은 존재하지 않았다. 그래서 직접 두 눈으로 확인해야 했다. 그것이 그가 이곳에 나타난 이유였다.

"결례가 안 된다면 진 소협의 사문을 알 수 있을까요?"

"사문이라 할 만한 곳은 없습니다. 그저 가전으로 전해지는 무공을 조금 익혔을 뿐."

"가문이 대단한 곳인가 보군요."

"그리 대단하지도 않습니다. 이미 망해 버려서 기억하는 사람조차 없으니까요."

"그런가요?"

금단엽이 진무원의 두 눈을 빤히 바라보았다.

사람의 속내를 꿰뚫어 보는 듯한 맑고 투명한 눈빛이었다. 그의 눈빛 앞에선 그 어떤 거짓도 말할 수 없을 것 같았다. 그러나 금단엽을 마주 보는 진무원의 눈빛에는 한 치의 흔들림도 존재하지 않았다.

놀라울 정도로 담담한 진무원의 눈빛에 금단엽은 내심 감탄을 금치 못했다. 진무원의 눈빛은 겉으로 보기엔 평범해 보이지만, 마치 천년거암처럼 흔들리지 않는 굳건함을 가지고 있었다.

눈은 마음의 창이라고 했다. 눈의 굳건함은 곧 마음의 굳건함이었다. 그 말은 곧 진무원의 가슴속에 흔들리지 않는 기둥이 서 있음을 의미했다. 이런 자들은 결코 외부의 유혹이나 바람에 흔들리지 않는다는 것을 금단엽은 알고 있었다.

"가문을 말해주기 싫다면 한 가지만 더 물어보죠. 이곳엔 왜 온 겁니까? 설마 당신도 운중천에 동조하는 건가요?"

"운중천과는 아무런 상관이 없습니다."

"그럼?"

"사람을 찾고 있습니다."

진무원의 대답에 금단엽이 미간을 슬며시 찌푸렸다.

"누군지 알 수 있을까요?"

"여섯 달 전에 이곳에서 백룡상단 사람들이 실종된 것으로 알고 있습니다. 그중에 제 지인이 끼어 있습니다."

"……."

"이젠 내가 묻겠습니다. 그때 실종되었던 사람들, 아직 살아 있습니까?"

"흠!"

금단엽이 의미를 알 수 없는 숨소리를 토해냈다.

"그러니까 지극히 개인적인 일 때문에 이곳에 온 것이군요?"

"당신은 아직 내 말에 대답하지 않았습니다."

"살아 있기는 합니다만……."

"그들만 돌려보내 주십시오. 그럼 이대로 돌아가겠습니다."

"저도 그랬으면 좋겠지만, 그게 말처럼 쉽지가 않습니다."

금단엽이 난처하단 표정을 짓자 진무원의 얼굴에 한 겹 서리가 내려앉았다. 그러자 공기가 급속히 냉각되었다.

"돌려주지 못하겠다는 거군요?"

"지금 당장은 힘들다는 말입니다. 그들을 돌려보내면 제가 곤란해지거든요."

"……."

"그럼 이러면 어떨까요? 제가 계획한 일이 끝나면 무사히 돌려보내겠습니다. 제 이름을 걸고 약속하지요."

금단엽이 중재안을 내놨지만, 진무원은 대답하지 않았다. 그에 금단엽이 한숨을 내쉬었다.

"휴! 역시 그 정도로는 안 될 모양이군요. 이거 진퇴양난이군요."

금단엽이 팔짱을 낀 채 잔뜩 인상을 썼다. 얼핏 고민하는 것 같은 모습이었지만, 진무원은 믿지 않았다.

'협상의 여지? 그런 것 따윈 애초에 없었다. 최소한 저자의 의중에는.'

누가 알려줘서 아는 것이 아니었다. 본능적으로 알아차린 것이다.

금단엽은 진무원을 관찰하기 위해서 이곳에 왔을 뿐이다. 자신의 계획에 들어 있지 않은 변수를 직접 눈으로 확인하기 위해서 말이다.

얼핏 보기엔 무척 부드럽고 합리적인 성격을 가지고 있을 것 같았다. 하지만 진무원은 겉으로 보이는 모습을 믿지 않았다. 오히려 저런 사람일수록 더 무서울 수 있다는 것을 그는 경험으로 알고 있었다.

"휴! 이것도 안 되고 저것도 안 되고…… 결국 우리는 피가 터지게 싸울 수밖에 없는 운명인 것 같군요. 이것 참 슬프군요. 모처럼 마음에 드는 사람을 만났는데."

마지막 말만큼은 진심이었다.

금단엽은 친한 사람이 그리 많지 않았다. 그의 눈높이를 충족시킬 만한 사람이 흔치 않기 때문이었다.

몇 마디 섞지 않았지만 그는 진무원에게 호감을 느꼈다. 자신과 나이 차이가 그리 많이 나지 않는 것이 더더욱 마음에 들었다. 하지만 그와 자신은 결코 친해질 수 없는 사람이었다.

진무원이 설화를 잡은 손에 힘을 주었다. 그러자 그렇지 않아도 차갑던 공기가 더욱 차갑게 냉각됐다.

진무원의 기백이 전해져 오고 있다.

'원하는 것을 얻기 전에는 결코 물러나지 않을 남자군. 하나 그것은 나 역시 마찬가지다.'

금단엽이 어딘지 모르게 서글퍼 보이는 미소를 지었다.

그에게는 반드시 해야 할 일이 있었다. 그가 아니면 누구도 할 수 없는 일. 그를 위해서 이 모든 그림을 그리고 준비했다. 진무원이 마음에 든다고 그 계획을 철회할 수는 없었다.

진무원이 금단엽을 향해 다가갔다. 그러나 딱 그만큼 금단엽이 뒤로 물러났다.

"도망갈 생각입니까?"

"당신과 내가 싸울 곳은 이곳이 아닙니다. 이렇게 초라하

고 아무도 봐주지 않는 곳에서 싸운다는 것은 너무나 슬픈 일
이지요."

금단엽이 어깨를 으쓱하는 순간 진무원이 그를 향해 몸을
날렸다. 금단엽의 마음이 어떻든 간에 진무원은 그냥 이대로
그를 보내줄 생각이 없었다.

피잉!

그 순간 숲 속에서 날카로운 파공음과 함께 화살이 연이어
날아왔다. 남군위와 싸울 때 방해하던 궁수와 같은 이가 숨어
있는 것이다.

그러나 이 정도 방해는 충분히 예상한 바였다. 진무원은 설
화로 화살을 튕겨내며 더욱 속도를 높였다.

진무원은 순식간에 금단엽과의 거리를 좁혔다. 서로의 숨
이 느껴질 만큼 도달한 순간 갑자기 금단엽이 금을 튕겼다.

따라랑!

"크윽!"

진무원의 몸이 격하게 흔들렸다. 보이지 음파가 해일처럼
덮쳐왔기 때문이다. 그가 음파를 헤치고 나왔을 때 금단엽의
모습은 이미 사라지고 보이지 않았다.

대신 멀리서 그의 노랫소리가 들려왔다.

사내와 계집, 노인과 아이, 양(陽)과 음(陰).

내가 아는 세상은 항상 둘이라네.

허상과 실상은 하나같아서 마음이 가는 곳을 보게 되지.

하늘은 은밀한 밤을 꿈꾸고, 은밀한 밤은 껍질을 깨길 바란다네.

멸망의 땅에서 일어난 자여,

서두르게. 남겨진 시간이 그리 많이 남아 있지 않을 테니.

끊어질 듯 이어지던 노래가 끝났을 때는 금단엽은 물론이고 화살을 쏜 자의 기척도 완벽하게 사라지고 오직 진무원만이 남아 있었다.

5장

기연(奇緣)과 악연(惡緣)은
연이어 찾아온다

　진무원과 곽문정은 새벽 일찍 일어났다. 그들은 간단하게 식사를 챙겨 먹은 후 태평객잔을 나섰다. 아직 거리는 잠에서 깨어나지 못한 듯 지나다니는 사람 한 명 보이지 않았다.

　"가자. 부지런히 걸으면 내일 저녁쯤이면 옥계에 도착할 수 있을 거야."

　"예!"

　곤명에 올 때는 백룡상단 덕분에 편히 올 수 있었지만, 이 제부터는 그들의 두 다리로 부지런히 움직여야 했다. 말을 살 수 있으면 좋겠지만, 이 시간에 마시장이 문을 열 리도 없었고, 무엇보다 두 사람 모두 말을 살 만큼 형편이 풍족하지 않았다.

그나마 다행인 것은 옥계로 가는 관도가 제법 잘 닦여 있다는 것이다. 그렇지 않았다면 강호 초출인 두 사람이 길을 찾는 데 상당히 애를 먹었을 것이다.

곽문정이 어슴푸레 동이 터오는 광경을 보며 중얼거렸다.

"여긴 참 신기한 곳이네요. 운남에 들어올 때는 그렇게 습하고 더웠는데, 막상 곤명에 도착하니 이곳은 또 선선하네요."

"그러게 말이다. 아무래도 고원에 있다 보니 다른 곳보다 기온이 낮은 것 같구나."

진무원도 대답은 그렇게 했지만 자연의 조화가 신기하다고 생각했다. 태평객잔의 주인은 곤명을 중심으로 수십 개의 소수 부족이 흩어져 살고 있다고 이야기했다. 그만큼 사람이 살기 좋은 환경이라는 것이다.

진무원은 주인의 말에 동의했다. 이곳은 모든 것이 풍족했다. 그가 살던 북방은 너무나 척박한 데 반해 이곳은 모든 것이 넘쳐났다.

사시사철 온화한 기후 덕에 이모작이 가능했고, 숲 속 곳곳에도 이름 모를 과일이 넘쳐났다. 조금만 움직이면 언제라도 먹을 것이 지천에 널려 있었다.

'대지는 신의 축복을 받았지만, 이곳에 사는 사람들은 그렇지 못하구나.'

모든 것이 풍족한 만큼 원주민들은 크게 욕심이 없어 보였다. 욕심을 부린 자들 대부분은 중원에서 이주해 온 자들이거나 무공을 익힌 무인뿐이었다.

문제는 그들의 힘이 원주민들의 힘을 능가한다는 것이었다. 그래서 원주민들이 오히려 고달픈 삶을 사는 것이 운남의 현실이었다.

거친 북방의 삶과 풍족한 운남의 삶, 어느 것이 더 좋은 것인지 진무원은 알지 못했다. 그래도 자신의 삶이 이곳과 어울리지 않다는 것쯤은 느끼고 있었다.

그때 곽문정이 그의 상념을 깼다.

"무슨 생각을 그렇게 하세요?"

"그냥 이것저것……."

"형도 생각이 많아지는 모양이네요."

"너도 그러냐?"

"네, 그냥 잡생각이 많이 떠올라요. 솔직히 불안하기도 하고……."

호기롭게 진무원을 따라나섰지만 아직 그는 어린 소년에 불과했다. 자신이 가는 길 앞에 어떤 상황이 기다리고 있을지 몰라 더욱 불안할 수밖에 없었다.

진무원은 그런 곽문정의 마음을 십분 이해했다. 그 역시 그랬으니까. 불안한 것은 지금도 마찬가지였다. 그가 세상에 나오자 마치 약속이라도 한 것처럼 큰일이 터지고 있었고, 연신 막강한 무인들과 조우했다.

인연과 악연이 복잡하게 얽히면서 이제는 그 역시 더 이상 예전처럼 자유로울 수 없는 몸이 되었다. 강호의 인연은 절대 희석되는 법이 없다는 사실을 그도 절실히 느끼고 있는 것이다.

"나 역시 불안하구나."

"정말요? 형이요?"

"나도 인간이다. 어찌 불안한 마음이 없겠느냐? 하지만 이제 와서 다시 되돌아갈 수도 없지 않느냐? 더 이상 나에게는 물러설 땅이 없다. 그러니 전진할 수밖에."

"형?"

"물러설 곳이 있다고 안주하는 자는 조그만 위험 앞에서 주저하게 마련이다. 그런 자들은 절박한 마음으로 하루하루를 살아가는 자를 결코 이길 수 없다. 나는 그렇게 믿고 있다."

진무원의 말에 곽문정은 입술을 꼭 깨물었다.

한없이 강하게만 보이는 진무원이 그런 마음가짐으로 살고 있을 줄은 정말 생각지도 못했다. 어쩌면 그런 마음으로 살기에 저렇게 강해질 수 있는 것인지도 모른다는 생각이 들었다.

'나도 형처럼 그렇게 살아갈 거야. 하루하루를 절박한 마음으로……'

그렇게 생각하니 진무원이 더 좋아졌다.

처음엔 황철의 조카라고 생각해서 좋아했는데, 그를 알면 알수록 인간적인 매력에 더욱 빠지게 됐다. 진무원은 의지하고 믿을 수 있는 사람이었다.

"헤헤!"

"왜 그러냐?"

"아무것도 아니에요. 헤헤! 우리 빨리 가요."

"그래."

진무원이 고개를 끄덕이며 곽문정과 보폭을 맞췄다.

옥계로 가는 여정은 순탄했다. 관도가 잘 닦여 있어서 길을 잃을 염려도 없었고, 날씨도 덥지 않아 걷는 데 별문제가 없었다. 하지만 아무래도 옥계와의 거리가 있다 보니 중간에서 노숙을 해야 했다.

해가 떨어지기 직전 두 사람은 관도에서 그리 멀리 떨어지지 않은 공터에서 노숙을 하기로 했다. 바닥이 고른데다 근처에 조그만 개울이 흐르고 있어 식수를 구하기도 용이한 것이 이유였다.

진무원이 나무를 구해오고, 곽문정은 식수를 떠왔다. 두 사람 모두 이런 노숙에 이골이 난 사람이라 순식간에 노숙할 준비를 끝냈다.

준비해 온 건량을 불려 간단히 식사를 때웠다. 진무원보다 한발 앞서 식사를 끝낸 곽문정은 적아를 들고 수련하기 시작했다.

휙휙!

이젠 근력이 제법 붙었는지 적아를 휘두르는 모습이 제법 능숙해 보였다. 그야말로 장족의 발전이었다. 곽문정은 조금씩이지만 착실히 성장하고 있었다.

진무원은 이제 때가 되었다고 생각하며 몸을 일으켰다. 그의 손에는 나뭇가지 하나가 들려 있었다.

곽문정이 의아한 표정으로 진무원을 바라봤다.

"형?"

"덤벼라."

잠시 의미를 몰라 눈만 끔뻑이던 곽문정이 입술을 힘껏 깨물었다.

'드디어······.'

그토록 고대하던 순간이었다.

진무원은 이제까지 간간이 조언을 해주긴 했지만 직접적으로 가르침을 주지는 않았다. 하지만 곽문정은 감히 그에게 가르침을 청할 엄두를 내지 못했다. 격차가 그만큼 엄청났기 때문이다.

곽문정이 적아를 잡은 손에 힘을 줬다. 심장이 두근거리며 전신의 피가 빠르게 휘돌았다.

그 순간 진무원의 목소리가 들려왔다.

"냉정해지거라. 벌써부터 흥분해서 어쩌려는 것이냐?"

"옛!"

"덤벼라."

"넵!"

힘찬 대답과 함께 곽문정이 진무원을 향해 달려들었다.

쉬악!

적아가 매서운 기세로 진무원을 향해 날아왔다. 진무원은 한 걸음 옮겨 슬쩍 피하며 나뭇가지로 곽문정의 팔꿈치를 건드렸다.

"검을 휘두를 때는 팔꿈치를 좀 더 펴야 해. 그래야 검격에 힘이 실린다."

"큭! 옛!"

진무원의 말처럼 팔꿈치를 좀 더 펴며 곽문정이 달려들었다. 이번엔 진무원의 나뭇가지가 그의 어깨를 가볍게 때렸다.

퍼억!

"너무 경직됐어. 그래서는 몸의 반응이 너무 늦어져."

"예!"

"눈은 언제나 수평을 이뤄야 하고."

"옛!"

"발바닥은 대지를 잡고 있어야 한다."

"큭!"

"호흡은 항상 아랫배에서 끌어올려야 한다."

"크윽!"

진무원이 한마디를 할 때마다 곽문정은 비명을 내질러야 했다. 가르침과 함께 약점이 되는 부분을 타격했기 때문이다.

가볍게 때리는 것 같아도 그 충격은 곽문정의 내장을 울렸다. 지독한 고통에 움직이기조차 힘이 들었지만, 곽문정은 결코 포기하지 않았다.

바닥에 나뒹굴어도, 온몸에 멍이 하나씩 늘어도 그는 진무원에게 악착같이 달려들었다. 진무원은 그런 곽문정을 봐주는 법이 없었다.

'스스로 문제점을 파악하는 것이 가장 중요하다. 초식은 그다음이다.'

경지에 오른 무인들에게는 초식이 필요 없었다. 그들의 움직임 하나하나가 곧 절초였기 때문이다. 하지만 그렇다고 그들이 초식을 익히지 않은 것은 아니었다. 초식을 완벽하게 익힌 후에야 비로소 융통무애(融通無碍)의 경지에 이르고, 이때야 비로소 초식이 필요 없어지기 때문이다.

퍽!

"큭!"

곽문정이 또다시 뒤로 나가떨어졌다.

의복은 찢어지고 헝클어졌으며, 머리는 산발이 되어 얼굴을 구분할 수 없을 지경이다.

그때서야 진무원이 들고 있던 나뭇가지를 버렸다.

"더, 더할 수 있어요."

곽문정이 푸들거리는 다리로 간신히 몸을 유지한 채 이를 악물었다.

"알고 있다. 그래도 지금은 쉬어야 할 때다. 서둘러 삼원심법을 운용하거라."

결국 곽문정은 의지를 꺾을 수밖에 없었다. 그는 적아를 놓고 삼원심법을 운공하기 시작했다.

진무원은 모닥불을 쐬며 그런 곽문정의 모습을 지켜봤다.

지금쯤 내장이 진탕되어 숨조차 쉬기 힘들 것이다. 진무원이 일부러 그렇게 충격을 줬기 때문이다.

근육은 찢어지고 관절은 연이은 충격으로 걸레처럼 해져 있다. 보통 사람은 고통을 견디는 것조차 힘들겠지만, 삼원심법을 익힌 곽문정은 달랐다. 오히려 지금 이 상태가 삼원심법이 최고의 위력을 발휘할 때였다. 상처를 치유하는 과정에서 삼원심법과 곽문정의 육체는 더욱 단단해질 것이다.

진무원은 이렇게 속성으로 성취를 높이는 방법을 그다지 선호하지 않았지만, 지금은 어쩔 수 없었다. 곽문정의 도움을 받기 위해서가 아니라 그의 생존 확률을 높이기 위해서였다.

앞으로 어떤 수라장이 기다리고 있을지 예측할 수 없는 상황이었다. 그때도 지금처럼 곽문정을 챙길 수 있을 거라고는 생각하지 않았다. 최소한 지금 곽문정이 자신의 한 몸 정도는 지킬 수 있게 하는 것이 진무원의 일차적인 목표였다.

운공이 절정에 달했는지 곽문정의 전신에서 땀이 비 오듯 흘러나오며 붉게 달아올랐다. 삼원심법이 곽문정이 입은 상처를 치료하는 중이다.

진무원은 그 모습을 지켜보다가 모닥불에 나무를 더 집어넣었다. 그러자 모닥불이 더 거세게 피어올랐다.

곽문정의 운공이 끝난 것은 그로부터 반 시진이 지난 후였다. 얼굴에 화색이 돌고 전신에도 생기가 넘쳐흘렀다.

"고생했다."

진무원이 미소를 지었다.

"고생은요. 형이 더 고생하셨죠. 감사해요."

곽문정이 진무원에게 고개를 깊숙이 숙였다.

미소를 짓던 진무원의 표정이 갑자기 굳었다. 곽문정이 의아한 표정을 짓는 순간 진무원이 입을 열었다.

"관도 쪽을 보거라."

곽문정이 진무원이 가리키는 곳을 바라보았지만, 칠흑 같은 어둠밖에 보이는 것이 없었다. 하지만 진무원이 괜히 그런 말을 할 리 없다는 것을 잘 알기에 안력을 집중했다.

두두두!

잠시의 시간이 지난 후 말발굽 소리가 조그맣게 그의 귀에도 들려왔다. 진무원의 가공할 안력에 곽문정은 혀를 내둘렀다.

이윽고 어둠 속에서 일단의 무리가 나타났다. 마차 한 대와 그를 호위하는 듯한 십여 명의 무인이었다. 그들이 진무원과 곽문정이 있는 공터로 곧장 다가왔다.

곽문정이 긴장하며 적아를 집어 들었다. 지금으로써는 저들이 적인지 아군인지 알 수 없었기 때문이다.

마침내 그들이 공터에 도착했다.

마차를 호위해 온 무인들은 하나같이 형형한 안광과 범상치 않은 기도를 발산하고 있었다. 그들은 가슴에 패(覇)라는 글자가 적힌 무복을 입고 있었다.

진무원의 눈에 기광이 스쳐 지나갔다.

'패권회의 무인들.'

한때 숙부라 부르던 조천우가 운남에 세운 문파의 무인들이었다. 그들을 바라보는 진무원의 심정은 이루 말로 표현할 수 없을 정도로 복잡했다.

무인들의 우두머리로 보이는 듯한 장년의 무인이 말에서 내려 진무원에게 다가왔다. 나이는 사십 대 후반, 떡 벌어진 어깨와 어지간한 여자 몸통만큼 굵은 허벅지, 그리고 부리부리한 눈동자가 인상적인 남자였다. 그의 몸에서는 상대를 압도하는 기백이 절로 발산되고 있었다.

그가 진무원에게 포권을 취하며 말했다.

"역시 선객이 있었구려. 우리도 마침 이곳에서 노숙을 하려 했는데 자리를 조금만 양보해 주시지 않겠소? 이곳은 우리가 노숙할 때 자주 이용하는 곳이라오."

"그러십시오."

"고맙소."

진무원의 허락에 장년의 무인이 부하들을 돌아봤다.

"이곳에서 노숙한다. 모두 짐을 풀어라."

"예!"

부하들이 힘찬 대답과 함께 말에서 내려 노숙할 준비를 하기 시작했다. 장년인의 뒷모습을 바라보는 진무원의 동공이 흔들렸다.

'못 알아보는 건가?'

고개 숙인 진무원의 얼굴에 쓸쓸한 빛이 떠올랐다.

그때였다.

"어머, 진 소협."

낯익은 목소리가 들려왔다.

＊　　　＊　　　＊

진무원이 고개를 들자 마차에서 내리는 당미려와 당기문이 보였다. 당미려가 반가운 표정을 지으며 진무원을 향해 총총걸음으로 다가왔다.

"당 소저, 여긴 어떻게?"

"저희는 옥계로 가는 길이에요. 설마 진 소협을 이런 곳에서 만날 줄은 정말 꿈에도 몰랐네요."

"옥계로 간다구요?"

"네!"

당미려가 미소를 지었다. 그녀의 뒤로 당기문이 다가왔다.

"그러는 자네는 여기서 뭘 하는 겐가? 곤명의 객잔에서 머무는 것이 아니었는가?"

"저도 일이 있어 옥계로 가는 길입니다. 그런데 두 분은 패권회에서 운중천에서 온 분들을 만나는 것이 아니었습니까?"

"운중천에서 약속을 변경했다네. 갑자기 옥계에서 곧장 합류하자고 하더군."

"음!"

"다행히 패권회에서 옥계까지 호위해 줄 무인들을 대동시켜 줬다네."

이미 곤명으로 오는 도중 습격을 받았기에 패권회에서는 정예무인들로 하여금 당기문 숙질을 호위하게끔 했다.

당기문이 수하들을 지휘하며 노숙을 준비하는 우두머리 무인을 바라보았다.

"팔비신장(八臂神將) 임수광 대협이라네. 듣기로는 패권회에서도 다섯 손가락 안에 들어가는 고수인데다가 권에 대한 조예가 깊어서 당할 자가 거의 없다더군."

진무원의 시선이 자연 임수광을 향했다. 그의 얼굴에 만감이 교차하고 있었다. 하지만 주위가 어두워 사람들은 그의 표정의 변화를 알아차리지 못했다.

"진 소협이 옥계로 가는 줄 알았다면 처음부터 함께 가는 건데요."

"이제부터라도 함께 가면 되지 않겠느냐? 허허! 진 소협이 대동하면 든든하지."

당기문이 너털웃음을 터뜨렸다.

아무래도 그의 입장에서는 일면식도 없는 임수광보다는 진무원이 훨씬 더 미더울 수밖에 없었다.

"자자, 이럴 게 아니라 자리에 앉아서 이야기를 하지."

당기문이 일행을 모닥불 가로 이끌었다. 진무원과 곽문정등이 모닥불에 둘러앉았다.

"옥계에서 무슨 일이 일어나고 있는지 언질을 받았습니까?"

"대충은 들었는데, 너무 엄청나서 쉬이 믿기지 않는군."

"무슨 일인지 알 수 있겠습니까?"

"글쎄. 아직은 나도 확인하지 못해서 쉽게 말하지 못하겠군. 하나 옥계에 들어가면 금방 알 수 있을 것이니 조금만 참게."

"알겠습니다."

당기문의 무거운 분위기에 덩달아 진무원과 곽문정의 표정도 어두워졌다.

그때 임수광이 다가와 당기문에게 말했다.

"당 대협, 노숙할 준비가 모두 끝났습니다."

"고생하셨네. 이쪽은 나를 구해준 진 소협일세."

당기문의 말에 임수광의 눈에 기광이 떠올랐다. 그는 정광이 형형한 눈으로 진무원의 전신을 훑어 내렸다.

"아직 나이가 젊은데 무공이 대단한 모양이군. 나는 패권회의 임수광이라고 하네."

"진무원이라고 합니다."

진무원이 포권을 취하며 인사를 했다. 순간 임수광이 흠칫했다.

"내가 아는 어떤 사람과 이름이 똑같군. 혹시 사문을 알 수 있겠는가?"

"워낙 조그만 곳이라 말해도 모를 겁니다."

"음!"

진무원의 대답에 임수광이 침음성을 흘렸다. 진무원이 일부러 대답을 회피한다는 생각이 들었다. 하지만 스스로 말하려 하지 않는데 더 이상 따져 묻기도 힘들었다.

'그일 리는 없지. 그는 이미 칠 년 전에 죽었다고 하지 않았는가?'

그에겐 커다란 바윗덩이처럼 가슴을 짓누르는 멍에가 있었다. 이제는 너무나 많은 시간이 흘러 얼굴조차 기억이 잘 나지 않지만, 그 이름 하나만큼은 똑똑히 기억하고 있었다. 그의 이름은 눈앞에 있는 진무원과 똑같았다.

대세에 따라 어쩔 수 없는 선택을 했다지만, 그에 대한 동향만큼은 항상 촉각을 곤두세우고 있던 그다. 칠 년 전 그가 죽었단 이야기를 듣고 얼마나 억장이 무너졌는지 모른다. 그래서 몇 날 며칠을 식음을 전폐한 채 밤을 지새우기도 했다.

임수광은 새삼스러운 표정으로 진무원을 다시 한 번 바라보았다. 그러고 보니 어딘지 모르게 자신이 알고 있는 진무원과 비슷하게도 보였다. 하지만 자신을 바라보는 진무원의 표정이 너무나 담담했다.

'아닐 게야. 진짜 그라면 절대 저런 표정으로 나를 볼 수 없어.'

임수광이 나직이 한숨을 내쉬며 자리에 앉았다.

왠지 모르게 분위기가 무거워졌기에 당미려는 아쉬운 표정을 지었다. 그녀의 시선은 불을 쬐고 있는 진무원의 옆얼굴에 고정되어 있었다. 물어볼 것이 많은데 무거워진 분위기 때문에 선뜻 말문을 열기가 힘들었다.

모두가 잠이 든 밤, 진무원은 설화를 품에 안은 채 홀로 모닥불 가에 등을 기대고 앉아 있었다. 그의 옆에는 곽문정이 세상모르고 자고 있다.

진무원은 하늘을 올려다봤다. 쏟아질 것처럼 빛나는 별들의 바다가 북방의 거친 하늘을 떠올리게 했다.

거친 세상에 홀로 버려지기 전 그의 곁에는 항상 많은 사람이 맴돌았다. 그들은 진무원에게 무척이나 친절했고, 간도 쓸개도 다 빼줄 것처럼 행동했다. 그래서 진무원은 세상이 무척이나 따뜻한 곳인 줄 착각했다.

임수광도 진무원이 착각하게 만든 사람 중 한 명이다. 그는 진무원에게 무척 친절한 사람이었다. 만날 때면 웃음으로 대해줬고, 항상 무언가라도 하나 더 가르쳐 주려 했다.

하지만 운명의 그날, 그는 누구보다 매정하게 진무원 부자에게서 등을 돌렸다. 그렇다고 딱히 그를 원망하는 마음은 들지 않았다. 진무원 부자를 배반한 이가 비단 그 한 사람만이 아니었기 때문이다.

착잡한 마음이 드는 것까진 어쩔 수 없었지만, 진무원은 더이상 임수광을 신경 쓰지 않으려 했다. 앞으로 중원을 주유하다 보면 이런 경우를 수도 없이 겪을 것이다. 그때마다 일일이 분노하다 보면 스스로를 좀먹게 될 것이다.

'이 또한 내가 감내해야 할 일.'

진무원은 그렇게 생각하며 스스로를 다독였다.

그때 문득 지난밤 금단엽과의 만남이 떠올랐다.

뜬금없이 그를 불러내고는 신비롭게 사라진 남자. 그에 대해 아는 것이라곤 운남에서 벌어지는 이 모든 일을 계획했다는 것뿐이다.

'그의 정체는? 목적은 무엇일까?

단 한 번 만났을 뿐이지만, 겨우 사적인 원한으로 이런 일을 벌일 남자로는 보이지 않았다. 무언가 좀 더 크고 원대한 목적을 위해 움직이는 것 같았다. 하지만 지금으로써는 그의 진정한 목적이 무엇인지 알 도리가 없었다.

그와는 앞으로 계속 마주칠 것 같은 예감이 들었다. 마치 운명처럼.

진무원은 꺼져가는 모닥불에 마른 나뭇가지 몇 개를 집어

넣었다. 그러자 불길이 확 살아 올랐다.

'어쩌면 그는…….'

그의 표정이 어두워졌다.

*　　　*　　　*

빛 한 점 들어오지 않는 밀실에 상의를 벗은 채 남군위가 앉아 있었다. 그의 옆구리에는 최근에 생긴 듯한 끔찍한 검상이 나 있다.

남군위는 눈을 감은 채 운공에 열중하고 있었다. 그가 숨을 들이쉬고 내쉴 때마다 코에서 흘러나온 하얀 기류가 요동쳤다.

운공이 절정에 달한 듯 그의 이마에는 굵은 땀방울이 송골송골 맺혀 있고, 전신은 붉게 달아올라 있었다.

후웅!

갑자기 그의 전신이 크게 떨렸다. 운공이 최고조에 달한 것이다. 얼굴은 고통으로 일그러졌고, 하얀 기류는 빠른 속도로 그의 몸을 휘감아 돌았다. 그리고 어느 순간 하얀 기류가 그의 콧속으로 훅 빨려들어 갔다.

마침내 운공이 끝난 것이다. 남군위가 이제껏 감고 있던 눈을 조심스럽게 떴다. 그의 표정은 그리 밝지 않았다.

"크윽! 지독하군. 온종일 운공했는데도 상처가 완전히 낫지 않다니."

그가 옆구리의 검상을 조심스럽게 어루만지며 중얼거렸다.

보통의 상처는 운공 한 번이면 완치는 하지 못하더라도 운신하는 데 불편함이 없을 정도로 낫는다. 하지만 진무원에게 당한 상처는 달랐다. 상처의 회복이 더딘데다가 끔찍할 정도의 고통을 전해주고 있었다. 그 때문에 남군위는 몇 날 며칠을 밀실에 처박힌 채 상처를 회복하는 데 주력해야 했다.

남군위는 곁에 벗어두었던 옷을 대충 걸친 채 밀실 밖으로 나왔다. 그러자 높다란 담장에 둘러싸인 화려한 정원이 눈에 들어왔다. 주인이 심혈을 기울여 다듬은 듯한 수림과 각종 기화요초가 저마다 자태를 뽐내며 바람에 흔들리고 있었다.

남군위는 무심한 표정으로 그 모든 풍경을 지나쳤다. 누군가 정성을 들여서 가꾼 곳이겠지만, 그에게는 아무런 감흥도 줄 수 없었다.

그는 이런 것에 심력을 소모하는 시간에 차라리 무공을 연마하는 것이 훨씬 더 생산적이라고 생각하는 사람이었다. 그러나 모두가 그와 같은 생각을 하는 것은 아니었다.

그의 시야에 허름한 복장으로 풀을 뽑고 있는 한 남자가 보였다.

"단엽."

그의 부름을 들었는지 남자가 뒤돌아봤다. 농부들이나 입을 법한 허름한 옷을 입고 미소를 짓고 있는 남자는 바로 금단엽이었다.

그가 활짝 웃으며 남군위를 맞았다.

"군위, 다 나은 모양이군."

"또 흙을 만지고 있는 거냐? 네놈이 그 짓 하는 거 보니까 생각할 것이 많은 모양이구나."

"후후!"

금단엽이 대답 대신 웃음을 흘렸다. 남군위의 말처럼 그는 생각할 것이 있을 때마다 흙을 만지는 버릇이 있었다.

남군위는 문득 생각나는 것이 있어서 물었다.

"혹시 그를 만나고 온 거냐?"

"그렇다네."

"크크! 역시 그랬군. 그가 자네의 심사를 복잡하게 만들었어."

남군위가 근처에 있는 평상에 털썩 주저앉았다. 그의 엄청난 몸무게가 더해지자 평상이 금방이라도 부서질 듯 삐걱거렸다. 그 모습에 금단엽이 미소를 지으며 옆에 앉았다.

"몸은 괜찮은가?"

"완치된 것은 아니지만 움직일 만은 해. 뒈지지 않은 것으로 감사해야지. 그때는 정말 목줄이 끊어지는 줄 알았거든.
크큭! 정말 악귀 같은 놈을 만났어."

"다행이군."

"자네는 어땠는가?"

주어가 빠진 질문이었지만, 금단엽은 단숨에 그의 말뜻을
알아차렸다.

"곤란하게 됐어."

"그 정도인가? 자네가?"

"범상치 않더군. 마치 거대한 바위를 보는 듯한 기분이었
어. 이제까지 우리의 이목에 왜 그런 자가 걸리지 않았는지
불가사의할 정도야."

남군위는 많이 놀랐다. 금단엽이 이 정도의 극찬을 하는 것
을 처음 본 까닭이다.

냉소적이면서도 타인에 대한 평가가 박하기 그지없는 금
단엽이다. 최근에 그가 타인을 평가한 가장 극찬이 겨우 '쓸
만하다' 정도였으니 말 다한 것이다.

하지만 그의 마음이 이해가 가기도 했다. 일단 자신도 그에
게 목숨을 잃을 뻔하지 않았는가? 그 때문에 심혈을 기울여
키운 철귀궁사(鐵鬼弓士) 한 명이 목숨을 잃었다. 예상치 못한
엄청난 손실이었다.

"협상의 여지가 보이지 않더군."

"역시 그렇군."

남군위가 고개를 주억거렸다.

진무원은 협상의 여지가 없는 존재였다. 겉으로 보이는 온화한 모습은 거짓이었다. 그의 내면은 실로 불같은 투쟁심이 가득 타오르고 있었다. 직접 그와 싸워본 남군위이기에 확신할 수 있었다.

"그래서 어떡할 것인가? 이대로 계획을 철회할 것인가?"

"그럴 수야 없지. 그가 예측할 수 없는 변수인 것은 확실하지만, 겨우 그 한 사람 때문에 대계를 철회할 수는 없어."

"으음!"

"이제 와서 돌아가기엔 너무 먼 길을 왔어."

금단엽이 고개를 들어 하늘을 바라봤다. 남군위가 그가 바라보는 곳을 같이 바라보았다.

구름 한 점 없는 푸른 하늘이다. 하지만 금단엽은 그보다 훨씬 더 먼 곳을 바라보고 있었다.

"아무튼 재밌게 됐어. 세상은 이래서 살 만한 곳인 것 같아. 아무리 심혈을 기울여 계획을 세워도 예측하지 못한 변수가 연이어 나타나니까."

"크큭! 그게 웃을 일인가? 울어도 모자랄 판에."

"아니, 이 정도는 되어야 해."

"단엽."

"잠들어 있는 밀야를 깨우려면."

금단엽의 나직한 목소리엔 강한 힘이 깃들어 있었다.

* * *

진무원과 곽문정은 새벽 일찍 일어나 길을 떠날 준비를 했다. 약속이라도 한 것처럼 그 시간에 패권회의 무인들도 움직이기 시작했다.

짐이 얼마 없기에 자리를 정리하는 것은 그야말로 금방이었다. 짐을 모두 싼 그들에게 임수광이 다가왔다.

"당 대협에게 들었네. 옥계에 함께 가기로 했다면서?"

"그렇게 됐습니다. 임 대협에게 부담이 된다면 저희는 따로 가겠습니다."

"아닐세! 내 여분의 말을 내어주지."

"감사합니다."

"감사까지야. 어차피 남는 말인데. 이쪽으로 오게. 간단하게 아침이나 함께하지."

"네!"

진무원과 곽문정은 임수광이 이끄는 대로 걸음을 옮겼다. 그곳에선 패권회의 무인들이 간단하게 아침을 먹을 수 있도록 죽을 끓여놓은 상태였다.

이미 당기문, 당미려는 한자리씩 차지하고 앉아 죽 그릇을 들고 있었다.

"어서 오세요, 진 소협."

"자리에 앉게."

두 사람이 미소로 진무원과 곽문정을 맞았다.

임수광이 자리에 앉으며 말했다.

"건량을 불려서 끓인 건데 제법 먹을 만하다네. 우리는 먼 곳으로 떠날 때 항상 이렇게 식사를 해결하지."

"굉장히 효율적인 방법이군요."

"북쪽에서도 우리는 늘……. 아닐세. 식기 전에 들게."

임수광이 직접 죽을 한 그릇씩 떠서 진무원과 곽문정에게 건네주었다. 진무원이 살펴보니 단순히 마른 건량만 불린 것이 아니고 그 안에 몇 가지 곡물이 더 들어 있었다. 아마 건량을 만들 때 아예 곡물도 같이 넣은 모양이었다.

'밀야와의 전쟁 때 지급된 건량이 이랬다고 했지. 나도 나중에 이렇게 건량을 준비해야겠구나.'

한입 떠보니 맛도 나쁘지 않았다. 진무원은 미소를 지으며 죽을 떠먹었다. 그에 곽문정도 죽을 먹기 시작했다.

그때 당기문이 임수광에게 물었다.

"옥계엔 언제쯤 도착할 것 같은가?"

"늦어도 해지기 전에는 도착할 겁니다."

"으음!"

"옥계에 저희 쪽 장원이 있습니다. 그곳에서 조금 기다리면 운중천의 무인들이 합류할 겁니다."

"그때까지는 조금 쉴 수 있겠군."

"예, 아마 운중천 무인들이 합류하면 쉴 틈도 없을 겁니다."

"알겠네."

대답을 한 당기문이 죽을 한 그릇 더 떴다. 든든히 먹어둬서 체력을 보충하려는 것이다.

당미려가 진무원을 바라봤다.

"진 소협도 한 그릇 더 드릴까요?"

"저는 이 정도가 좋습니다. 잘 먹었습니다."

"그런가요?"

"원래 배부르게 먹지 않는 습관이 있습니다."

"좋은 습관을 가졌군. 배가 부르면 몸이 무뎌지게 마련이지."

두 사람의 대화에 끼어든 이는 바로 임수광이었다. 그가 말을 이었다.

"항상 조금씩 모자라게 먹어 날카로운 신경을 유지하는 것이 중요하다네."

"충고 감사합니다."

"나도 모르게 주제넘은 말을 했군. 자네 역시 벽을 넘어선 무인일진대. 그냥 한 귀로 흘려듣게."

임수광은 말해놓고도 내심 당혹스러움을 금치 못했다. 그는 결코 이렇게 남에게 무언가를 쉽게 충고하는 사람이 아니었기 때문이다.

진무원의 무언가가 그의 마음 속 빗장을 풀게 했다.

'나는 저자에게서 그를 떠올리고 있는 건가? 단순히 이름이 같다는 이유만으로?'

임수광의 표정이 자신도 모르게 어두워졌다. 그가 고개를 들어 진무원을 바라보았다. 하지만 진무원은 이미 자리에서 일어서는 중이었다.

'진무원.'

진무원 일행은 전지호(滇池湖)를 지나고 있었다. 끝이 보이지 않을 만큼 광활한 전지호의 모습에 진무원은 약간은 질린 표정을 지었다.

마차 창문으로 그 모습을 지켜보던 당기문이 미소를 지으며 말했다.

"넓기로 따진다면 중원의 호수 중 여섯 번째라고 알려진 곳일세. 처음 보는 사람들은 바다라고 착각하기 일쑤지."

"자연의 섭리는 정말 신비하군요. 어떻게 이런 고원 지대에 이렇게 넓은 호수가 생성될 수 있는지 불가사의할 뿐입니다."

"동감일세. 전지호야말로 운남의 젖줄이라 할 수 있지. 이 거대한 호수를 바탕으로 운남의 수많은 생명이 살아가고 있으니까."

수평선 위로 떠오른 해가 전지호를 붉게 물들이고 있었다. 물결에 부딪쳐 산란하는 눈부신 빛의 향연을 진무원은 넋을 잃고 바라보았다.

빛이 부서지고 흩어진다.

물결은 잠잠한 듯 보이지만 끝없이 움직이고 있다.

'자연은 이처럼 순환하고 끝없이 이어지는구나. 빛이 아무리 강해도 이면은 존재하고, 오히려 더 그늘이 지는 법. 인생사도 이와 같지 않겠는가?'

어떻게 보면 평범한 깨달음이었지만 진무원에겐 그렇지 않았다. 진무원은 순간 자신의 내부에서 무언가 변했다는 사실을 느꼈다.

단전의 이면에 똬리를 틀고 있던 그림자 내공이 갑자기 요동치더니 쑥하고 빠져나와 전신을 치닫기 시작했다. 소리 없이 그의 몸을 휘돌기 시작한 그림자 내공 때문에 진무원은 적잖게 당황했다. 하지만 그는 내색하지 않고 그림자 내공이 움직이는 대로 놔두었다.

투둑! 투둑!

혈관 안에서 무언가 터져 나가는 소리가 울려 퍼졌다. 하지만 그것을 들을 수 있는 자는 오직 진무원뿐이었다. 그림자 내공 스스로가 최적의 방식으로 운용될 수 있게 진무원의 혈맥을 개척하고 있는 것이다.

미세 혈도가 타동되고, 아직 개발되지 않은 미지의 신경이 대뇌와 연결되었다. 동시에 진무원이 느낄 수 있는 전방위 감각의 영역이 몇 배가 더 확장됐다.

마치 봉사가 눈이 뜨이고 귀머거리가 귀가 번쩍 튄 느낌이다. 이제까지 미처 보지 못하던 광경들까지 느끼고 볼 수 있게 되었다.

뜻하지 않은 기연이었다. 이렇게 단순한 깨달음으로도 인간은 쉽게 변할 수 있다는 것을 진무원은 새삼 깨달았다.

패권회의 무인들이 곁에서 말을 타고 가고 있었지만, 누구도 진무원의 변화를 알아차리지 못했다. 심지어는 그들은 진무원이 평상시와 달라졌다는 사실도 알아보지 못했다.

진무원의 몸을 휘돌던 그림자 내공은 모든 변화가 끝나자 할 일을 다 했다는 듯이 다시 단전의 이면으로 모여들었다. 그제야 진무원은 참고 있던 숨을 내쉬었다.

"휴!"

그의 숨결을 통해 몸 안에 쌓여 있던 탁기가 외부로 배출되었다.

"왜 그래요, 형?"

그제야 곽문정이 의뭉스러운 표정으로 바라보았다.

"아무것도 아니다."

"그래요?"

진무원과 그나마 오래 있던 곽문정만이 무언가 이상한 느낌에 고개를 갸웃거렸다. 무언가 달라진 것 같은데, 도무지 그것이 무엇인지 모르겠다.

진무원은 말고삐를 움켜쥔 채 전방위 감각을 일깨웠다. 그러자 이제껏 느낄 수 있던 것과는 비교할 수 없을 정도로 엄청난 영역이 감각의 지배하에 들어왔다.

눈, 귀, 피부로 전해진 정보는 그의 뇌에서 순식간에 조합되었다. 마치 머릿속에 또 하나의 세계가 펼쳐진 것 같았다. 현실의 세계와 똑같은 또 하나의 세상. 그것은 진무원의 뇌에 구현된 심상의 세계였다.

진무원은 본능적으로 깨달았다. 심상으로 구현할 수 있는 세계가 곧 그의 공간이고 간격(間隔)이란 사실을.

무공이 일정한 경지에 이르고 벽을 수없이 뛰어넘다 보면 자신만의 간격이 생긴다. 외부의 움직임에 즉각 반응할 수 있고, 자신의 기량을 십 할 발휘할 수 있는 공간.

높은 수준에 이른 고수일수록 자신만의 간격이 넓고 광활

해진다. 그리고 대부분의 싸움은 서로 간의 간격이 겹치는 곳에서 벌어진다.

간격이 넓다고 해서 항상 절대적으로 이길 수 있는 것은 아니지만, 그만큼 유리해지는 것은 사실이었다.

진무원의 입가에 미소가 떠올랐다.

전혀 뜻하지 않은 상황에서의 진일보였다. 앞으로 어떤 위험이 도사리고 있는지 알 수 없는 상황에서 무공이 상승한 것은 그만큼 큰 도움이 될 것이다.

진무원의 곁으로 임수광이 다가왔다. 자신의 변화를 눈치챈 것이 아닌가 살짝 긴장했지만, 임수광의 표정을 보니 그런 것 같지는 않았다.

"옥계에 거의 다 왔네. 이제부터는 진짜 조심해야 하네. 어떤 일이 일어날지 모르니까."

"알겠습니다."

"당 대협 근처에서 절대 떨어지지 말게."

"예!"

임수광은 이번엔 부하들에게 다가가서 지시를 내렸다. 그러자 부하들이 마차를 중심으로 넓게 흩어져서 주위를 경계하기 시작했다.

일사불란하면서도 절도 있는 그들의 모습이 내심 감탄사를 자아내게 했다.

'그들은 꽤나 고련을 한 모양이구나. 하긴 그는 항상 부하들을 혹독하게 수련시켰지.'

그가 알고 있는 임수광은 결코 요령을 모르는 남자였다. 그 때문에 그의 휘하에 배치된 부하들은 항상 죽겠다고 난리였다. 반대로 전장에 나갔을 경우 가장 피해가 적은 것도 임수광이 이끄는 조직이었다.

진무원은 전방위 감각을 유지한 채 말을 몰았다. 굳이 눈으로 보지 않아도 옆에 있는 곽문정의 호흡과 마차에 타고 있는 당기문 숙질의 움직임이 느껴졌다.

'금단엽, 남군위, 그리고 또 어떤 위협이 존재할는지…….'

진무원은 임수광에게 금단엽에 관한 이야기를 할까 하다가 관뒀다. 그 역시 잘 알지 못하는 이였고, 섣불리 이야기했다가 오히려 의심을 받을 수도 있었다. 그리고 무엇보다 진무원은 임수광을 믿지 않았다. 비단 그뿐만이 아니라 북천사주에 속한 그 누구도 믿지 않았다.

"대주님, 여기……."

그때 패권회 무인의 목소리가 진무원의 상념을 깼다. 진무원이 정신을 차리니 앞서가던 패권회의 무인이 말에서 내려 바닥을 살피고 있었다.

진무원도 말에서 내려 패권회의 무인이 있는 곳으로 걸어갔다.

"음!"

진무원의 입술을 비집고 침음성이 흘러나왔다.

바닥에는 누군가의 시신이 널브러져 있었다. 마치 맹수에게 습격을 받은 것처럼 갈가리 찢겨진 시신의 모습은 꿈에 볼까 두려울 정도로 끔찍했다.

그런 시신이 세 구가 넘게 바닥에 널브러져 있어 흩어진 팔다리와 육신이 누구의 것인지 구별할 수조차 없을 지경이었다.

"우웩!"

멋모르고 다가오던 곽문정이 급히 뒤돌아서서 구역질을 했다.

임수광의 얼굴이 딱딱하게 굳었다.

"또다시 습격이 있었던 건가?"

그의 말 속에는 많은 정보가 담겨 있었다.

'이전에도 이런 식의 습격이 있었고, 패권회는 이미 그 사실을 알고 있었단 뜻이군. 그리고 운중천에서도 이 사건을 심각하게 받아들이고 있고.'

이 시신의 무엇이 운중천이 그토록 심각하게 받아들이도록 했을까 생각하며 진무원은 시신을 자세히 살폈다. 그 결과 진무원은 몇 가지 이상한 점을 발견할 수 있었다.

우선은 시신의 상처에서 어떠한 무기의 흔적도 발견할 수 없었다. 대신 시신 곳곳에서 인간의 손바닥 모양의 멍이 보였다.

어느새 곁으로 다가온 당기문이 탄식을 토해냈다.

"이건 아무리 봐도 맨손으로 찢어 죽인 것 같군. 엄청난 괴력이야."

'찢어 죽였다는 건가? 사람이 사람을?'

진무원의 눈빛이 깊이 침잠했다.

사람이 사람을 죽이는 것은 생각보다 어려운 일이다.

정상적인 인간이라면 누구나 도덕적 관념적 선이 존재하게 마련이다. 집안의 교육을 통해서든 사회적인 경험을 통해서든 제반 지식을 익히고, 자신이 넘어야 할 선과 그러지 않아야 할 선을 구별하게 마련이다. 그런 자들은 본능적으로 살인을 할 때 주저하게 된다.

그게 정상적인 사람의 반응이다. 그래서 권력욕이 높은 지도자일수록 휘하의 병사들에게서 도덕적인 관념을 제거할 여러 가지 방안을 시행한다. 그래야만 그들의 입맛에 맞는 병기로 완성이 되기 때문이다.

하지만 아무리 그렇다고 하더라도 병장기로 죽이는 것과 산 채로 찢어 죽이는 것은 차원이 다른 일이다. 아무리 타고난 살인마라 할지라도 평범한 사람의 악력이라면 불가능한 일이었다.

제대로 된 무공을 익힌 자라면 이렇게 힘들이지 않고 훨씬 힘이 덜 드는 방법으로 죽였을 것이다.

'그러니까 이들을 찢어 죽인 자는 무공을 익힌 자만큼이나 강하고, 사람을 산 채로 찢어 죽일 만큼 인성이 마비되었단 뜻인가?'

진무원의 상식으로 불가능한 일이 눈앞에서 일어났다. 그의 생각보다 훨씬 큰 일이 옥계에서 벌어지고 있었다.

임수광이 소리쳤다.

"모두 진용을 유지하고 경계를 철저히 하라! 적이라 판단되면 각자의 판단에 따라 죽여도 좋다!"

"옛!"

패권회의 무인들이 일제히 대답하며 말에 올라탔다.

진무원의 시선이 옥계를 향했다.

'기연(奇緣) 다음엔 악연(惡緣)인가?'

6장

악연의 끈은 질기게 이어진다

　옥계의 분위기는 상상외로 흉흉했다. 거리를 지나다니는 사람은 몇 명 보이지 않았고, 금방이라도 귀신이 나올 것 같은 을씨년스러운 분위기가 도시를 지배하고 있었다.

　임수광이 일행을 이끌고 향한 곳은 청월장(青月莊)이라는 거대한 장원이었다. 패권회가 지부 대신으로 이용하고 있는 곳이었다.

　미리 연락을 받았는지 청월장의 총관이란 자가 수하들을 대동하고 일행을 마중 나왔다.

　"그렇지 않아도 기다리고 있었습니다."

"염 총관, 운중천의 무인들은?"

"아직 도착 전입니다."

"음! 이들에게 숙소를 안내해 주게."

임수광이 염 총관에게 진무원과 곽문정을 가리켰다. 그러자 진무원이 고개를 저었다.

"배려는 감사하지만, 저희는 따로 움직이겠습니다."

"여기까지 왔는데 굳이 그럴 필요가 있겠는가?"

"그게 움직이기 편합니다."

그때 지켜보고 있던 당기문이 앞으로 나섰다.

"그는 이곳에서 실종된 숙부를 찾아왔습니다. 장원에 머물다 보면 아무래도 운신의 폭이 좁아질 겁니다."

"그럴 수도 있겠군요."

임수광이 고개를 주억거렸다.

아무래도 남의 집에 손님으로 온 자일수록 눈치를 보게 마련이다. 하다못해 밖으로 나가는 것조차도 허락을 맡아야 할 테니까.

"숙부를 찾을 단서는 있는가?"

진무원이 고개를 저었다.

"없습니다. 이곳에서 실종되었다는 것밖에는."

"음! 쉽지 않겠군. 부디 무사히 숙부를 찾길 빌겠네. 혹시 패권회의 도움이 필요하다면 언제든 염 총관에게 말하게. 내가 할 수 있는 것이라면 얼마든지 도움을 줄 테니까."

"감사합니다. 그럼……."

진무원이 포권을 취한 후 걸음을 옮겼다. 곽문정도 임수광 등에게 포권을 취한 후 급히 진무원을 따랐다.

당미려가 멀어지는 진무원의 뒷모습을 물끄러미 바라봤다. 그런 그녀의 눈동자에 아쉬움이 가득 담겨 있었다.

진무원은 곽문정과 함께 옥계 거리를 거닐었다.

"형, 따로 갈 곳은 정한 거예요?"

"아니."

"그럼 차라리 청월장에 머무는 것이 낫지 않았나요? 패권 회에서도 도움을 준다고 하잖아요."

"그건 어디까지나 최후의 방편이다. 그리고 나는 패권회를 크게 믿지 않는다."

"……."

진무원의 단호한 대답에 곽문정이 입을 다물었다. 그에 진무원이 빙그레 웃으며 말을 이었다.

"그렇다고 너무 심각하게 받아들이진 말거라. 어차피 강호에서는 타인에게 온전히 의지하는 것만큼 어리석은 일이 없기에 하는 말이니까."

"예!"

"문정아, 네가 백룡상단을 따라 이곳에 왔다면 어느 객잔을 숙소로 택할 것 같으냐?"

"백룡상단이라면 대규모 인원이 항상 움직이니 자연 제일 큰 객잔을 찾겠지요. 물론 마구간 시설도 잘되어 있어야 하고 별채도 따로 있으면 더 좋지요."

"그럼 주위에 그런 객잔이 있는지 찾아보자."

"아! 거기서부터 추적하려는 거군요?"

그제야 곽문정이 진무원의 진의를 깨닫고 탄성을 내뱉었다.

"그렇다. 아무리 신비롭게 실종되었다고 하더라도 그 많은 인원이 사라졌으면 반드시 흔적이 남을 것이다."

"옥계가 곤명처럼 넓은 곳은 아니니 백룡상단이 머물 만한 곳은 그리 많지 않겠네요?"

"그럴 것이다."

"그건 제게 맡겨두세요. 아무래도 그런 경험은 제가 더 많으니까요."

"믿겠다."

"헤헤! 잠깐만 기다리세요."

곽문정은 금세 어디론가 뛰어갔다. 한 식경을 기다리자 그가 다시 헐레벌떡 나타났다.

"이곳에 사는 사람들한테 물어봤는데, 그렇게 큰 객잔은 대진객잔 한 곳밖에 없다고 하네요."

"대진객잔?"

"예! 옥계에 오는 큰 상단 같은 경우는 무조건 그곳에서 잔다고 하더라구요."

그것으로 행선지가 결정됐다. 두 사람은 대진객잔으로 향했다.

대진객잔은 옥계 외곽에 자리 잡고 있었다. 삼 층으로 된 목조 건물이 허름하긴 했지만, 워낙 규모가 커서 어지간한 상단이 와도 다 수용할 수 있을 것 같았다.

두 사람은 대진객잔의 문을 열고 들어갔다. 널따란 객잔 내부는 한가하기 그지없었고, 십대 후반으로 보이는 점소이만이 꾸벅꾸벅 졸고 있었다.

보다 못한 곽문정이 조심스럽게 입을 열었다.

"여기요."

"예? 예! 어서 옵셔."

깜짝 놀란 점소이가 번쩍 눈을 뜨고는 득달같이 달려왔다.

"방 있느냐?"

"예? 보다시피 남는 게 방입니다요. 흐흐!"

점소이가 휑한 객잔 내부를 가리키며 웃었다. 그의 과장된 행동이 두 사람을 웃게 했다.

"그렇구나. 아주 파리가 터전을 잡았구나."

"여섯 달 전부터 이 모양입니다요. 아마 이대로 조금만 더 가면 객잔 문을 닫아야 할지도 모르겠습니다."

"그 정도로 심각하냐?"

"말도 마십시오. 아주 손님이 딱 끊겼습니다. 워낙 흉흉한 소문도 많이 돌고 해서 들어오는 사람도 없는 형편입니다."

"그렇구나."

진무원과 곽문정이 자리에 앉았다. 그러자 점소이가 재빨리 주전자와 물잔을 내놓으며 물었다.

"며칠이나 머무실 생각입니까?"

"일단 사나흘 정도 생각하고 있다. 더 늘 수도 있고."

"알겠습니다. 어차피 아무도 없는데 제일 좋은 방을 드릴게요. 호호!"

점소이가 능글맞게 웃었다.

"고맙구나."

"별말씀을요. 식사도 하셔야죠?"

"먼 길을 와서 배가 고프구나. 자신 있는 음식으로 몇 가지 내오거라. 술도 있으면 가져오고."

"헤헤! 조금만 기다리십시오. 금방 가져오겠습니다."

점소이가 주방으로 달려갔다.

진무원과 곽문정은 의자에 앉아 옥계의 거리를 바라보았다. 수려한 풍경 때문에 평소 시인묵객이 많이 찾아오던 거리에는 검은 그림자와 적막만이 감돌고 있었다.

문득 곽문정이 입을 열었다.

"백룡상단과 철기당도 이곳으로 올까요?"

"그렇겠지. 결국 실종된 곳에서 추적을 시작할 수밖에 없을 테니까. 대신 그들은 패권회와 의견을 조율해야 하니까 우리보다 조금 늦지 않을까 싶구나."

많은 사람이 한꺼번에 움직이다 보면 여러 가지를 조율하게 되고, 또 많은 절차를 밟아야 한다. 그러다 보면 필연적으로 움직임이 더뎌질 수밖에 없었다.

겨우 하루 이틀 정도의 차이밖에 나지 않을 수도 있지만, 그 때문에 통한의 눈물을 흘릴 수도 있었다.

"철기당, 백룡상단, 패권회, 운중천, 그리고 또 무엇이 우리를 기다릴까요?"

"글쎄다. 한 가지 확실한 것은 모든 일이 이제 겨우 시작일 뿐이라는 거지."

"에휴!"

곽문정이 한숨을 내쉬었다.

애당초 쉽게 생각하고 온 것은 아니지만, 갈수록 태산이라는 생각이 들었다. 등장하는 이름들의 무게감이 장난이 아니었다. 진무원이 곁에 없었다면 그 이름을 듣는 것만으로도 다리에 힘이 풀릴 지경이었다.

진무원은 이 모든 일의 배후에 있는 한 남자를 떠올렸다.

'금단엽.'

단 한 번의 만남에 불과했지만, 그의 얼굴이 쉽게 잊히지가 않았다.

'무엇을 노리는 것인가? 그만한 남자가 그리는 큰 그림이 란 어떤 것일까?'

진무원은 금단엽의 입장에서 생각을 해보려 했지만, 그에 대한 정보가 너무나 적었다. 지금 그가 알고 있는 것은 금단엽의 머리가 무척이나 비상하다는 것과 고절한 음공의 소유자라는 것 정도이다.

그런 남자가 남군위라는 초절정의 무인과 함께 그리는 그림이 결코 평범할 리 없었다. 하지만 지금은 그것이 무엇인지 알아낼 방도가 없었다.

'일단은 황숙을 구하는 데 모든 것을 집중하자.'

다른 모든 것은 그 후의 문제였다. 지금 이 순간 진무원에게 가장 소중한 사람은 황철이었다. 그를 무사히 구출하는 것이 가장 중요했다.

진무원이 그렇게 생각을 정리할 때쯤 점소이가 쟁반 가득 음식을 내왔다.

"헤헤! 오래 기다리셨습니다. 절대 실망하지 않을 겁니다."

잉어찜이 식탁 가운데를 차지하고 그 옆으로 몇 개의 음식이 더 놓였다. 향이 그윽한 것이 제법 맛있을 것 같았다.

마지막으로 점소이가 내놓은 것은 붉은 종이로 밀봉한 조그만 항아리였다.

"그리고 이것은 저희 대진객잔의 명물인 벽로주입니다. 주인어른께서 손수 담근 술입니다."

점소이의 장담처럼 밀봉된 항아리에서는 제법 향긋한 주향이 흘러나왔다.

"좋은 술 같구나."

"일단 맛을 보시면 절대 후회하지 않으실 겁니다."

진무원이 밀봉을 뜯었다. 그러자 주향이 더욱 진해졌다. 진무원은 망설이지 않고 한 잔을 따라 단숨에 마셨다.

"좋구나."

식도를 울리는 짜릿한 느낌에 자신도 모르게 감탄사가 흘러나왔다. 그러자 옆에 있던 곽문정이 눈을 빛냈다. 그 의미를 모를 진무원이 아니었다.

"한 잔 마셔볼 테냐?"

"아니에요. 제가 어떻게……. 그래도 주신다면 딱 한 잔만 마실게요. 헤헤!"

약간은 망설이는 듯했지만 거부하지 않는 곽문정이었다. 진무원이 미소를 지으며 곽문정에게 술을 따라줬다. 그러자 곽문정의 얼굴에 웃음꽃이 활짝 폈다.

곽문정은 아직 나이는 어리지만 호상단을 따라다니면서 한두 잔씩 얻어 마신 경험이 있었다. 강호에서 나이는 중요하지 않았다. 칼을 들고 스스로를 지킬 힘이 있다면 그 순간부터 한 명의 무인으로 대해주니까.

곽문정은 자신의 앞에 놓인 술을 조심스럽게 한 모금 마셨다. 유달리 달짝지근한 것이 그의 마음에 쏙 들었다.

"헤헤! 맛있네요."

그의 얼굴에 웃음꽃이 활짝 폈다.

"그럼 식사들 맛있게 하세요. 필요한 것이 있으면 부르시고요."

점소이가 미소를 지으며 물러났다.

진무원과 곽문정은 담소를 나누며 식사를 했다. 점소이의 장담처럼 음식은 맛있었고, 벽로주는 일품이었다. 덕분에 오랜만에 만족스러운 식사를 할 수 있었다.

식사를 끝낸 두 사람은 방으로 올라갔다. 먼 길을 와서인지 이상하게 피곤이 밀려왔다. 두 사람은 침상에 눕자마자 정신없이 잠에 빠져들었다.

그렇게 얼마나 지났을까?

갑자기 문이 슬쩍 열리며 누군가 고개를 내밀었다. 바로 대진객잔의 점소이였다. 그가 잠이 든 진무원과 곽문정을 보며 만족스러운 미소를 지었다.

"역시 곯아떨어졌군. 백일몽(百日夢)의 효과는 역시 탁월하단 말이야. 흐흐!"

그는 마치 도둑고양이처럼 소리를 죽인 채 두 사람이 잠들어 있는 방 안으로 들어왔다.

점소이는 진무원과 곽문정이 먹은 술에 아주 강력한 백일몽이라는 몽혼약을 탔다. 효과는 늦게 나타나지만, 일단 잠이 들면 해약을 복용하기 전에는 절대 깨어나지 않는 약이었다. 이름처럼 백 일 동안 꿈을 꾸는 것은 아니지만, 그만큼 강력한 효과를 자랑했다. 또한 독이 아니었기에 내공의 고수라 할지라도 감지하기 힘들었다.

점소이의 진정한 정체는 청인이었다. 이제까지 멀찍이 떨어져 진무원을 관찰만 했던 그가 드디어 점소이로 분해 접근한 것이다.

청인은 진무원이 확실히 잠든 것을 확인한 후 그의 짐을 조심스럽게 뒤지기 시작했다.

"아무래도 요상하단 말이지. 하늘에서 갑자기 뚝 떨어진 것도 아닌데 도무지 정체를 알 수 없으니."

그동안 청인은 진무원의 정체를 알아내기 위해 면밀히 관찰했다. 하지만 알아낸 것이 아무것도 없었다. 무공 노수, 신분 내력, 나이까지 무엇 하나 확실한 것이 없었다.

흑월의 가공할 정보력으로 알아낸 것은 겨우 단 하나, 진무원이 지인을 찾기 위해 백룡상단과 함께한다는 것뿐이었다.

결국 청인은 모험을 하기로 결심했다. 진무원의 짐을 뒤져서 신분을 증명할 물건을 찾아내기로 한 것이다.

청인은 진무원의 짐을 조심스럽게 뒤졌다. 하지만 찾아낸 것이라곤 당미려가 준 옥패와 옷가지 몇 개가 전부였다. 청인의 얼굴에 실망의 기색이 떠올랐다.

"젠장! 무슨 놈의 인간이……."

도대체 신분을 증명할 만한 물건이 하나도 없었다. 그러다가 그의 시선이 진무원의 머리맡에 놓여 있는 설화에 꽂혔다.

"저건?"

일단 한번 시선이 꽂히자 무언가에 홀린 것처럼 이상하게 눈길을 돌릴 수가 없었다. 청인이 자신도 모르게 설화에 손을 가져갔다.

"크헉!"

설화에 손이 닿는 순간 청인의 눈이 몽롱하게 변했다.

*　　　*　　　*

설화가 칭얼거리는 듯한 느낌에 진무원이 눈을 떴다. 그러자 설화를 잡은 채 멍하니 서 있는 청인의 모습이 눈에 들어왔다.

진무원이 잠시 미간을 찌푸리다가 이내 자신의 몸 상태를 점검했다. 내력을 한번 휘돌리고 나서야 자신의 혈맥에 이질적인 기운이 느껴졌다. 몽혼약인 백일몽이었다.

그림자 내력이 몸 안에 들어온 백일몽을 둘러싸서 효과를 차단하고 있었다. 그렇지 않았다면 이렇게 일찍 깨어나지 못했을 것이다.

"방심했군."

점소이의 넉살에 넘어가 의심조차 하지 않았다. 강호에 나온 지 얼마나 됐다고 벌써 방심을 했단 말인가? 진무원은 자신이 안이했음을 인정했다.

청인의 눈은 무언가에 홀린 것처럼 몽롱하게 풀려 있었다.

"설화의 요기에 홀린 건가?"

설화는 요검이었다. 설화는 오직 진무원만을 주인으로 인정할 뿐 그 어떤 이에게도 자신을 허락하지 않았다. 설화의 요기는 단순히 내공이 고강하다고 해서 견딜 수 있는 수준의 것이 아니었다.

진무원은 잠시 청인을 바라보며 생각에 잠겼다. 청인의 손에서 설화를 떼어놓지 않는다면 언제까지고 저런 상태를 유지하다가 결국 기력이 다해 죽고 말 것이다. 그렇다고 이대로 순순히 청인을 풀어주고 싶지는 않았다.

"정말 설화에 홀린 것이 맞는다면 설화를 통해서 심문을

할 수도 있지 않을까?'

일단 판단을 내리자 진무원은 망설이지 않았다.

진무원이 청인에게 다가갔다.

"당신의 이름은?"

"처, 청인."

청인의 대답에 진무원은 자신의 판단이 옳았음을 깨달았다.

"소속은?"

"비월."

"비월에 대해 자세히 이야기해 보세요."

"비월은 흑월의 주요 감시 대상의 동향을 파악하는 비밀 조직이다. 천(天), 지(地), 인(人) 세 등급으로 나눠져 있고, 천자 등급에 속한 비월일수록 감시 능력이 뛰어나다."

"당신의 등급은 어떻게 됩니까?"

"천자조에 속해 있다."

청인은 무의식 상태에서 자신이 아는 것을 술술 털어놓았다.

'매월령의 말이 거짓이 아니었구나.'

매월령은 흑월의 사천지부장이었다. 그녀는 흑월이 강호 초출에게 오히려 더 관심을 갖는다고 했다.

진무원으로서는 달갑지 않은 일이었다. 자신의 정체가 드러나는 것은 두렵지 않았지만, 그 때문에 일어날 후폭풍은 될 수 있으면 피하고 싶은 것이 사실이었다.

청인의 처분에 대해 고민하던 진무원은 문득 생각나는 것이 있어서 물었다.

"곤명에서 사람이 찢겨 죽었습니다. 그에 대해 아는 것이 있습니까?"

"그건⋯⋯."

설화에 홀린 와중에도 청인이 말하길 망설였다. 그만큼 중요한 정보라는 증거였다.

"계속 말씀하십시오."

"얼마 전부터 미쳐 날뛰는 자들이 곤명에 출몰하기 시작했다. 분명 평범한 사람들이고 특별히 미칠 이유도 없었는데 갑자기 광증이 발작했다. 그들은 이성을 잃고 날뛰었는데, 힘이 몇 배나 강해졌으며 부모형제도 알아보지 못하고 찢어 죽였다."

"보통 사람이 미쳐 날뛴다는 겁니까?"

"이제까지 조사한 바에 따르면 그렇다. 운중천과 패권회에서는 그 이유가 독일지도 모른다고 보고 당가의 무인을 초빙했다."

진무원의 얼굴이 딱딱하게 굳었다.

"독이라면 누군가 의도적으로 살포했다는 뜻이군요?"

"그렇다. 그리고 그들이 이곳 운남에서 상인들을 납치해 간 자들이라고 추정하고 있다."

"그들에 대해 알아낸 것은 있습니까?"

"현재 흑월 내에서 다각도로 분석하고 있다."

"아직은 알아낸 게 없다는 뜻이군요?"

"그… 렇다."

"음!"

진무원이 잠시 생각에 잠겼다.

그는 몇 가지 가능성을 떠올린 후 청인에게 물었다. 청인은 그의 질문에 순순히 답했다. 설화에 홀린 그는 자신이 무슨 말을 하는지도 인식하지 못하고 있었다.

부들부들!

갑자기 청인이 몸을 부들부들 떨더니 침을 흘리기 시작했다. 설화에 홀린 부작용이 나타나는 것이다. 이대로 내버려 두면 필시 뇌가 망가지고 말 것이다.

잠시 고민하던 진무원은 그의 손에서 설화를 빼앗았다. 그러자 청인의 발작이 잦아들더니 크게 숨을 토해냈다.

"커억! 허억!"

한참을 거친 숨을 토해내던 청인이 그제야 제정신을 차리고 주위를 둘러봤다.

"내가 왜?"

그는 설화에 홀려서 진무원에게 자신이 알고 있는 모든 사실을 털어놓았다는 사실을 알지 못했다. 그가 기억하는 것은 설화를 잡기 전까지의 상황뿐이었다.

고개를 들자 진무원이 자신을 내려다보는 모습이 보였다.

'아뿔싸! 들통 났구나!'

오랫동안 정보 계통에서 일한 자의 직감이었다. 자신에게 무슨 일이 있었는지 모르지만 그 잠깐 사이 진무원에게 들통 나고 만 것이다.

청인은 잠시 어떻게 행동해야 할지 판단이 서지 않았다.

'이대로 도주할까? 기습을 하면 쓰러뜨릴 수 있을까?'

그 순간 진무원의 비수 같은 목소리가 들렸다.

"이름이 청인이라고 했나요?"

"헉! 그걸 어떻게?"

청인이 눈을 부릅떴다. 심장이 떨어질 뻔했다. 그의 본명이 청인이라는 사실은 오직 흑월주와 매월령밖에 모르는 사실이기 때문이다.

'도대체 내게 무슨 일이 일어난 것이냐? 분명 저 요상한 검을 잡은 것까지는 기억하는데…….'

할 수만 있다면 시간을 거꾸로 돌려 확인하고 싶은 생각뿐이었다.

그가 발작적으로 고개를 쳐들었다. 그러자 서늘하기 그지

없는 진무원의 눈동자가 보였다. 진무원의 눈을 보는 순간 전신의 힘이란 힘이 모조리 빠져나가는 것 같았다.

"나에게 대체 무슨 짓을 한 것이냐? 어떤 사술을 썼기에……."

"사술? 당신에게 들을 이야기는 아닌 것 같군요. 당신은 나에게 몽혼약을 복용시키지 않았습니까?"

"그건……."

진무원의 한마디가 청인의 말문을 콱 틀어막았다.

'백일몽은 일단 복용하면 해약을 복용하기 전에는 절대 깨어날 수 없는데 어떻게 깨어난 거지?'

진무원은 초절정고수 두 명 이상을 잠재우고도 남을 양을 복용했다. 그 정도라면 해약을 복용하고 깨어나도 반나절 이상을 혼미한 상태로 누워 있어야 될 정도이다.

겨우 한 모금 마신 곽문정도 정신을 차리지 못하고 깊은 수마에 빠져 있는데, 대부분을 복용한 진무원이 어떻게 제정신을 차릴 수 있는지 도대체 그의 상식으로는 이해가 되지 않았다.

"어쨌거나 이야기 잘 들었습니다."

"이야기? 잘? 내가 무슨 이야기를 했는데?"

진무원은 대답 대신 의미심장한 미소를 지었다. 그에 청인의 머릿속이 헝클어진 실타래처럼 복잡하게 변했다.

분명히 무언가 주절거린 것 같기는 한데, 도무지 무슨 말을 했는지 기억이 떠오르지가 않았다. 마치 누군가 머릿속을 쇠막대기로 휘저은 듯한 느낌이다.

"크윽!"

"그만 가보세요. 당신이 준 정보 잘 사용하겠습니다. 고맙습니다."

"자, 잠깐. 이대로 가라고?"

"어차피 서로 간에 필요한 정보는 다 얻었잖습니까?"

"으아악! 미치겠네!"

자신의 머리를 쥐어뜯으며 절규하는 청인의 모습을 보며 진무원은 미소를 지었다.

원래 세상에서 제일 답답한 일 중 하나가 술에 취해 자신이 어떤 일을 했는지 모를 때다.

스릉!

갑자기 청인이 품속에서 기형의 단도를 꺼내 들었다. 초승달 모양으로 잔뜩 휘어진 검신에는 은은한 푸른 기가 감돌고 있었다. 청인의 독문 무기인 현월비(玄月匕)였다.

청인이 속한 비월은 정보 수집 조직이지 무력을 사용하는 조직은 아니다. 때문에 은신술과 첩보술, 잠입술, 역용술같이 정보를 수집하는 데 필요한 잡기를 우선으로 익힌다. 하지만 그것도 인(人)자조에 속한 이들 이야기였다.

지자조와 천자조에 속한 이들은 자신과 흑월을 보호하기 위해 무공을 익혔다. 특히 천자조에 속한 이들은 강호의 절정 고수를 능가하고도 남음이 있었다.

'내가 무슨 말을 했는지 모르지만, 반드시 비밀을 지켜야 한다.'

청인의 얼굴에 결연한 빛이 가득하다.

진무원이 특급 감시 대상이라지만 흑월에 비할 수는 없었다. 그를 죽여서라도 반드시 흑월의 비밀을 지켜야 했다.

역수로 쥔 청인의 현월비에 검기가 맺혔다.

"놈! 각오해라! 감히 흑월의 비밀에 접근하려는 죄는 오직 죽음으로만 용서받을 수 있다!"

"후회하시지 않겠습니까?"

"나는 비월, 후회 따윈 하지 않는다."

청인의 얼굴에 스산한 빛이 떠올랐다. 그가 진무원을 향해 현월비를 겨눴다.

곽문정이 몸을 뒤척이다가 찬 기운에 눈을 떴다. 그러자 눈 앞에 조그만 자기병을 들고 서 있는 진무원이 보였다.

"형?"

"일어났느냐? 몸은 좀 어떠하냐?"

"예? 괜찮긴 한데 대체……."

곽문정이 주위를 둘러보며 멍한 표정을 지었다.

분명 멀쩡한 객잔에서 잠을 잤는데 깨어나 보니 벽 한쪽이 부서져서 찬바람이 들어오고 있고, 바닥에는 처음 보는 낯선 남자가 널브러져서 끙끙거리고 있다.

남자의 눈과 뺨에는 시커먼 멍이 들어 있고, 코피가 입술까지 적시고 있었다.

"어떻게 된 일이에요? 저자는 또 뭐고?"

처참하게 부서진 방 안이 큰 싸움이 있었단 사실을 말해주고 있었다. 방이 이 지경이 되었는데도 자신이 계속 잠을 자고 있었단 사실이 믿어지지 않았다.

진무원이 설명해 주었다.

"넌 백일몽이라는 몽혼약에 취해 있었다. 일단 한번 복용하면 해약을 복용하기 전에는 깨어나기 힘들다고 하더구나."

"그럼 저자가?"

진무원이 고개를 끄덕일 때 청인이 고개를 쳐들고 소리쳤다.

"크윽! 제기랄! 비월은 모욕을 당하지 않는다! 차라리 날 죽여라!"

무력으로는 당할 수 없다는 것은 좀 전에 확실히 깨달았다. 비 오는 날 먼지가 일어날 정도로 늘씬하게 얻어터졌으니까.

반항? 그것도 무력이 어느 정도 비슷할 때의 이야기다.

애초부터 상대가 되지 않는 싸움이었다. 그도 강했지만, 진무원은 그의 수준을 아득히 뛰어넘고 있었으니까.

'어디서 이런 괴물이……'

이제껏 수많은 무인을 감시했지만, 진무원 같은 무인은 처음이다.

진무원은 설화를 뽑지도 않았다. 그런데도 청인은 반항 한번 제대로 하지 못하고 죽을 만큼 얻어터졌다. 그의 독문 무기인 현월비는 진무원의 괴상한 손가락질 한 번에 폭발했고, 현월은 그야말로 곤죽이 되고 말았다.

"날 죽여라, 이 악마야!"

"굳이 내 손으로 당신을 죽일 필요가 있을까요?"

"그게 무슨 말이냐?"

"내가 손을 쓰지 않아도 흑월이 가만있지 않을 테니까요. 그들이 당신이 정보를 유출한 것을 알면 그냥 둘까요?"

"흥! 그럴 수도 있겠지. 하나 그전에 나 스스로 목숨을 끊을 것이다. 비밀을 지키지 못한 비월은 살 가치가 없으니까. 내게서 어떤 정보를 빼냈는지 모르지만, 그 이상은 죽었다 깨어나도 알아낼 수 없을 것이다."

청인의 독한 모습에 진무원이 고개를 끄덕이며 의자를 끌어와 앉았다.

"굳이 스스로 목숨을 끊을 필요 있을까요?"

"그게 무슨 말이냐?"

"흑월은 나에 대한 정보를 원하지만, 나는 흑월에 대한 정보를 원하지 않습니다."

"그럼?"

"내가 원하는 것은 오직 하나, 운남성에서 일어나는 일의 배후에 존재하는 자에 관한 정보뿐."

청인의 눈이 반짝였다. 그제야 진무원이 무슨 말을 하려는지 감이 온 것이다.

"그럼?"

"서로 원하는 정보를 얻을 때까지 한시적인 동맹, 어떻습니까?"

*　　　　*　　　　*

"크흐흐!"

눈동자는 붉게 충혈되어 있고, 입가로는 침이 뚝뚝 떨어지고 있다. 자신의 머리가 깨지는 줄도 모르고 철창에 연신 머리를 박아대는 사내의 모습을 보는 당기문의 얼굴에는 곤혹스러운 감정이 그대로 드러나 있었다.

"도대체……."

그의 곁에는 당미려가 비슷한 표정으로 서 있었다.

"이자가 광증이 발작한 자군요."

"마을 사람들을 습격하는 것을 본 회의 고수들이 합공해서 생포했습니다."

대답을 한 이는 임수광이었다.

철창에 갇힌 자를 잡기 위해 패권회의 고수가 다섯 명이나 동원됐고, 그들 중 두 사람이 부상을 당했다.

광인은 제 몸이 깨지고 찢겨 나가는지도 모르고 철창을 빠져나가기 위해 몸부림을 치고 있었다. 그가 철창에 부딪칠 때마다 삐걱거리는 소리가 사람들의 고막을 불안하게 울리고 있었다.

당기문은 철창에 갇힌 광인의 모습을 자세히 살폈다.

"전형적인 광증의 증상은 아닐세. 이건 차라리 공수병(恐水病)에 걸린 개에 물린 증상과 비슷한데……."

당기문은 이내 고개를 저었다.

공수병에 걸린 자가 몇 배나 힘이 더 강해진다는 이야기는 들어본 적이 없다.

"아무래도 직접 저자의 상태를 살펴봐야 할 것 같군. 잠재울 수 있겠는가?"

"수혈을 짚었지만 소용이 없습니다."

"으음! 수혈이 잡히지 않는다면 몸 안의 혈맥이 뒤틀렸단 말인데, 역시 독에 중독된 것인가?"

모든 가능성을 제외하니 결국 남는 것은 독밖에 없었다.

당기문이 품에서 조그만 자기병 하나를 꺼내더니 광인이 갇혀 있는 철창 안으로 던졌다.

퍽!

자기병이 깨지면서 하얀 연기가 피어올랐다.

"저건?"

"남만에서만 자라는 혈망초(血忘草)를 정제한 독이네. 살상력은 떨어지지만 대신 뇌의 활동량을 줄여 가수면 상태로 유도하는 데 탁월한 효과가 있다네."

당기문의 대답에 임수광은 신기한 독이 다 있다고 생각하면서도 과연 광인에게도 효과가 있을까 의뭉스러운 시선으로 바라보았다.

혈망초의 연기를 흡입한 광인은 처음에는 아무런 반응도 없었다. 그래서 모두가 혈망초가 통하지 않는다고 생각할 때쯤 갑자기 술에 취한 사람처럼 비틀거리더니 그대로 팩 쓰러졌다.

당기문과 당미려는 철창문을 열고 안으로 들어가 쓰러진 광인을 살피기 시작했다. 당기문이 품에서 목갑을 꺼내 열었다. 목갑 안에는 수십 개의 은침이 빼곡히 들어 있었다.

당기문은 그중 가장 굵고 긴 은침을 꺼내 광인의 가슴에 꽂았다. 은침이 거의 세 치 깊이까지 들어가자 광인이 꿈틀거렸다. 그에 당기문과 당미려의 얼굴에 긴장의 빛이 떠올랐다. 하지만 다행히도 광인은 깨어나지 않았다.

당기문이 은침을 다시 뽑았다.

"일반적인 독은 아닌 것 같군."

독에 중독되었다면 은침이 검게 변했을 것이다. 하지만 은침으로도 찾아낼 수 없는 은밀한 독도 다수 존재했다. 그리고 당기문은 그런 독을 감지하는 방법을 알고 있었다.

그는 품에서 곱게 접힌 한지를 꺼냈다. 한지 안에는 미세한 하얀 분말이 들어 있었다. 당기문이 광인의 코에 한지를 갖다 대자 자연스럽게 분말이 호흡을 따라 체내로 들어갔다.

임수광은 흥미진진한 시선으로 그 광경을 바라보았다. 그는 독에는 거의 문외한이나 다름없었다. 대다수의 무인이 그러하듯 그 역시 독을 쓰는 자들을 배척하고 경멸하는 편이었다. 그러나 예외가 있다면 당가의 무인들이었다.

비록 편협하다는 평가를 받는 당가지만, 그래도 독에 관해서만큼은 매우 엄격하게 관리하고 있었다. 그래서인지 몰라도 당가의 암기에 당했다는 무인은 많아도 독에 당했다는 무인이 있다는 소리는 거의 듣지 못했다.

당기문은 당가에서도 중추적인 조직이라 할 수 있는 만독각의 각주였다. 과연 그가 무슨 수로 광인이 중독된 독을 알아낼 수 있는지 자못 궁금했다.

흰색 가루를 흡입했음에도 광인에게는 변화가 없었다.

"변화가 없는 것을 보니 동물 독 종류는 아닌 것 같군."

"그걸 어떻게 압니까?"

"이 가루는 오직 동물 독에 반응하네."

"독의 종류에 따라 반응도 다릅니까?"

"물론일세. 독은 크게 세 종류로 나눌 수 있다네. 바로 동물 독, 식물 독, 광물 독이라네. 동물 독을 미세하게 나누자면 곤충 독, 뱀 독 등 셀 수도 없지만 공통적인 특색이 있지. 이 가루는 그런 공통적인 특징을 구별하게 만들어주는 효과가 있다네."

"아!"

당기문의 설명에 임수광이 감탄하는 표정을 지었다.

당기문은 품에서 다른 가루가 든 한지를 꺼내 들었다. 이번에는 붉은 가루가 들어 있었는데, 하얀 가루와 마찬가지 방법으로 광인의 코로 흡입시켰다. 그러나 광인은 이번에도 아무런 반응을 보이지 않았다.

"이제 마지막일세."

당기문은 은색 가루를 광인의 코에 흡입시켰다. 그러나 이번에도 아무런 반응이 나타나지 않는 듯했다. 임수광의 얼굴에 실망의 표정이 떠오르는 찰나 갑자기 광인이 눈을 번쩍 뜨더니 몸을 부들부들 떨기 시작했다.

임수광의 눈에 이채가 떠올랐다.

"반응하는군요. 그럼 광물 독에 중독된 겁니까?"

"아닐세. 이건 뭔가 잘못됐어."

당기문이 고개를 내저었다.

반응이라고 해봐야 온몸에 붉은 반점이 피어오르는 것이 전부였다. 이렇게 발작하듯 몸을 경련하는 것은 결코 일반적인 반응이 아니었다.

"크아아!"

순간 광인이 괴성과 함께 일어나 당기문을 향해 달려들었다. 너무나 갑작스럽게 일어난 일이었기에 당기문은 물론이고 곁에 있던 임수광도 미처 손을 쓸 틈이 없었다.

광인이 당기문의 양어깨를 잡고 힘을 주었다. 광인의 엄청난 악력에 당기문은 생살이 그대로 찢겨나가는 듯한 고통을 느꼈다.

투두둑!

"크헉!"

양어깨가 탈골되는 느낌에 당기문이 눈을 부릅떴다.

"놈!"

뒤늦게 사태를 인지한 임수광이 노호성을 내뱉으며 달려들었다.

"주, 죽이면 안 되네."

당기문의 외침에 임수광이 살초 대신 구명절초를 사용했다. 그의 주먹이 당기문과 광인 사이를 파고들었다.

휘류류!

솥뚜껑처럼 커다란 손바닥이 반원을 그리며 광인의 가슴을 강타했다. 그 충격으로 광인이 뒤로 나가떨어졌다.

"휴우!"

그제야 당기문이 안도의 한숨을 내쉬었다. 그의 양쪽 어깨는 어느새 퉁퉁 부어올라 있었다. 조금만 늦었어도 양쪽 어깨를 생으로 뜯길 뻔했다.

"숙부님, 괜찮으세요?"

당미려가 급히 다가와 당기문을 부축했다.

"다행히 근골이 상하지는 않은 것 같구나. 한데……."

당기문의 시선이 광인을 향했다.

"크아아!"

바닥에 쓰러졌던 광인이 다시 일어나 당기문에게 달려들었다. 이번에도 임수광이 광인을 막아섰다.

"감히!"

임수광이 혀를 차며 그의 공격을 막았다. 광인은 광기를 발산하며 덤벼들었지만, 임수광의 벽을 통과하지는 못했다. 광인은 일반인의 몇 배에 달하는 힘을 발산하고 있었지만, 임수광은 초절정의 고수였다. 제대로 된 초식 없이 그를 공략하는 것은 불가능했다.

당기문은 미간을 잔뜩 찌푸린 채 그 광경을 바라보았다.

"광물 독에 중독된 것인가? 아니야. 광물 독치고는 반응이 과해."

자신이 만든 은색 가루는 분명 광물 독에 반응한다. 그렇다고 하더라도 반응이 너무나 과했다.

광물 독은 중독된 자의 활력을 빼앗아 시름시름 앓다 죽게 만드는 특징을 가지고 있다. 저렇듯 일시적으로 잠력을 폭발시켜 광기를 발산한다는 것은 들어본 적이 없었다.

임수광은 어느새 광인을 제압하고 있었다. 그의 손이 광인의 마혈을 짚었다. 그러자 광인의 몸이 마치 석상이라도 된 듯 굳었다.

임수광이 당기문을 향해 미소를 지어 보였다.

"이제 안심하셔도 됩니다."

"저, 저……?"

그 순간 당기문과 당미려의 입에서 경호성이 터져 나왔다.

광인이 칠공으로 검은 피를 쏟아내고 있었다. 광인은 부들거리며 몸을 떨다가 그대로 경직됐다.

"대체?"

임수광이 당혹스러운 시선으로 광인의 시신을 바라보았다.

자신은 분명 사혈이 아닌 마혈을 짚었다. 움직임의 제약은 있을지언정 죽음과는 상관이 없는 혈도였다.

당기문이 급히 다가와 광인의 시신을 살폈다.

"죽었네."

"어떻게?"

"자네와는 상관없는 일인 것 같네. 아무래도 극히 짧은 순간 과도한 잠력을 폭발시키다 보니 내부의 장기가 견디질 못한 것 같군."

"그 광물 독이란 것에 중독되면 원래 이렇게 되는 겁니까?"

"휴! 나도 자신할 수 없군."

당기문이 한숨을 토해냈다. 독에 관해서는 모르는 것이 없다고 자부했는데, 일련의 사태는 그의 자신감을 바닥까지 곤두박질치게 만들었다.

"일단 시신을 안으로 가져가서 자세히 살펴봐야겠네. 밤을 새워서라도 내 반드시 원인을 알아내겠네."

"알겠습니다."

임수광이 부하들을 불러서 광인의 시신을 안으로 옮겨갔다.

당미려가 몸을 떨었다.

"도대체 이곳에서 무슨 일이 벌어지는 것일까요?"

"나도 모르겠구나. 하나 우리 상상보다 더 크고 엄청난 일이 벌어지는 것만은 확실한 것 같구나."

진무원은 객잔 지붕 위에 앉아 있었다. 청인과의 소동으로 인해 잠이 완전히 깨고 말았다. 잠이 다시 올 것 같지도 않고 피곤하지도 않았기에 진무원은 객잔 지붕 위에 앉아 옥계를 내려다보았다.

모두가 잠든 밤 옥계는 고요의 바다에 잠겨 있었다. 마치 폭풍전야와도 같은 불안한 평화였다.

"휴!"

우웅!

진무원이 한숨을 쉼과 동시에 설화가 검명을 토해냈다. 진무원은 설화를 잡은 손에 힘을 주었다.

설화를 만든 것은 진무원이다. 하지만 설화는 그조차 이해하기 힘든 요검이 되어 있었다. 어떤 때는 마치 설화가 살아 있는 것처럼 느껴지기까지 했다.

"도대체 너는……."

진무원이 아니면 다룰 수도, 만질 수도 없는 요검.

이 사실을 어떻게 받아들여야 할까?

청인은 분명 정신력이 약한 사람이 아니었다. 그런데도 그만 설화의 요기에 흘려 모든 사실을 털어놓았다. 무공을 익힌 청인이 그럴진대 일반 사람들이 설화를 만졌다가는 어떤 일이 발생할지 짐작도 할 수 없었다.

착각인지 모르겠지만 운남에 도착한 이후로 설화의 요기가 더욱 강해진 것 같았다.

"근원에 가까워져서인가?"

황철은 설화를 만든 검은 돌이 패권회에 의해 전멸당한 소수 부족의 신물이라고 했다.

"언제고 시간을 내서 그 부족의 터전에 갔다 와야겠군."

지금 당장은 설화의 요기를 제어할 수 있다지만, 미래는 아무도 모르는 일이었다. 만일 이대로 설화의 요기가 증폭되고 진무원이 제어하지 못하는 상황이 오면 어떤 참사가 벌어질지 아무도 알 수 없었다.

후웅!

설화가 걱정하지 말라는 듯 다시 검명을 토해냈다. 마치 사랑하는 연인의 밀어처럼 달콤하면서도 나직한 속삭임이었다.

어느새 여명이 밝아오고 있었다.

동쪽 하늘부터 붉은빛으로 물들어가고 있고, 사람이 한두 명씩 거리에 오가는 모습이 보였다.

"상인들인가?"

아무리 옥계의 경기가 침체되었다고 하더라도 사람들이

모여 사는 이상 먹을 것, 입을 것이 필요했다.

문득 진무원의 뇌리에 떠오르는 생각이 하나 있었다.

"아!"

진무원은 지붕에서 벌떡 일어났다.

7장

하늘을 꿈꾸는 자에겐
피도 눈물도 사치다

　진무원과 곽문정은 아침 일찍 객잔을 빠져나왔다. 그들의
뒤를 청인이 따르고 있었다.

　진무원은 제자리에 멈춰 서서 시장 전체를 둘러봤다. 비록
거리를 오가는 사람이 거의 없어 을씨년스럽기까지 했지만,
그래도 몇몇 상인은 나와서 장사를 하고 있었다.

　그들은 제법 많은 물건을 좌판에 깔아놓고 있었는데, 사는
사람이 거의 없어 울상을 하고 있었다.

　광인의 등장으로 옥계의 경기가 크게 위축되었으니 어찌
보면 당연하다 싶은 풍경이다. 그런데도 진무원은 강한 위화

감을 느꼈다.

진무원은 미간을 찌푸린 채 다시 걸음을 옮겼다.

'젠장! 흑월의 천자조 비월인 내가 어쩌다가……'

청인이 투덜거리며 진무원의 뒤를 따랐다.

감시하는 임무를 들통 난 것도 모자라 같이 동행하는 신세라니. 이 사실을 흑월에서 알게 된다면 망신도 이런 개망신이 없었다.

'이게 다 저 요사한 검 때문이야. 저 검에 홀리지만 않았어도……'

청인의 시선이 진무원의 허리에 차여 있는 설화를 향했다. 지금도 설화에게 홀린 당시를 떠올리면 등줄기에 소름이 다 올라왔다. 설마 자신이 일개 검에 홀릴 줄은 정말 꿈에도 몰랐다.

문득 얼굴 한쪽이 가려웠다. 누군가의 따가운 시선이 그렇게 만든 것이다.

청인이 버럭 화를 냈다.

"내가 우리에 갇힌 원숭이라도 되냐? 뭘 그렇게 보는 거야?"

그의 고함에 곽문정이 어깨를 움츠렸다.

"죄, 죄송해요. 그냥 신기해서요."

"뭐가?"

"그 얼굴, 진짠가요?"

곽문정은 진심으로 신기한 표정을 짓고 있었다.

지금 청인의 얼굴은 어젯밤에 봤을 때와 또 달랐다. 어제는 어린 점소이의 얼굴이었다면, 지금은 오십 대 초중반의 중늙은이의 모습이었다. 키는 한 자나 커지고 체격 또한 바람 든 돼지 오줌보처럼 빵빵하게 변해 있었다.

곽문정의 상식으로는 도저히 있을 수가 없는 일이었다. 얼굴은 역용을 할 수 있다 치더라도 어떻게 사람의 체격이 하룻밤 만에 저리 바뀔 수 있단 말인가?

청인이 코웃음을 쳤다.

"흥!"

순식간에 청인의 얼굴이 또 바뀌었다. 이번엔 삼십 대 후반의 날카로운 인상의 장년인의 얼굴이다.

"헉!"

"나도 가끔은 내 진짜 얼굴이 생각나지 않거든. 그러니까 함부로 추측하지 않는 게 좋을 거다."

곽문정은 너무나 놀라 대답도 하지 못하고 큰 눈만 끔뻑거렸다.

괜히 그의 별호가 십보십변(十步十變)이 아니었다. 곽문정의 수준으로는 죽었다 깨어나도 그의 진면목을 알아낼 수 없었다.

'문제는 저 인간인데…….'

청인의 시선이 옆에서 걷고 있는 진무원을 향했다. 어떻게 된 건지는 모르지만 진무원은 청인이 어떤 모습을 하고 있던 바로 알아보았다. 문제는 그가 어떻게 자신을 알아보는지 알 수가 없다는 것이었다.

'젠장! 아주 확실히 호구 잡혔구나. 감시하러 왔다가 이게 무슨 꼬라지야.'

진무원은 청인이 곁에 있음에도 시선 한 번 주지 않고 있었다. 그 모습이 청인을 더 열 받게 했다.

"흥! 흥!"

그가 연신 콧방귀를 뀌었다.

청인도 무공에 꽤나 자신 있는 편인데 어떻게 당하는지도 모르고 정신을 잃었다. 더 열 받는 것은 진무원이 검을 뽑지도 않고 맨손으로 상대했다는 것이다.

청인의 눈빛이 침중해졌다.

'매 지부장의 추측대로 그는 결코 평범한 무인이 아니다. 현재 젊은 무인 중에서 그와 대적할 수 있는 무인이 얼마나 될까? 칠소천을 제외하면 거의 없을 것이다.'

진무원의 모든 것은 흑막에 가려져 있었다. 출신 성분, 익힌 무공, 그리고 목적까지도 말이다.

마치 하늘에서 뚝 떨어진 것처럼 뜬금없는 존재가 바로 진무원이었다. 하지만 그것도 흑월이 진무원을 인지하지 못했을 때의 이야기였다.

지금부터 흑월은 총력을 기울여 진무원의 모든 것을 조사할 것이다. 진무원의 행적을 역으로 거슬러 올라가서 그의 출생지와 가족, 사문, 성격은 물론이고 그 자신도 인지하지 못하는 사소한 것들까지 모조리 알아낼 것이다. 그것이 흑월이 일하는 방식이었다.

진무원이 피식 웃었다. 마치 고양이처럼 자신을 의식하는 청인의 모습이 왠지 우스웠기 때문이다.

문득 청인이 물었다.

"그런데 우리 아침부터 도대체 무슨 짓거리를 하고 있는 거냐?"

청인은 도통 이해할 수 없다는 표정이었다.

그도 그럴 것이, 아침부터 그들이 하고 있는 일이라곤 시장과 저잣거리를 돌아다니는 것뿐이었다.

진무원은 노점이나 좌판에 펼쳐진 물건들을 살펴보기만 할 뿐 정작 사지는 않았다. 처음엔 마음에 드는 물건이 없어서 그런가 보다 했는데, 계속 지켜보니 아예 살 마음이 없는 것 같았다.

곽문정도 의아하긴 마찬가지였다. 그가 아는 진무원은 사치와는 거리가 먼 사람이었다. 그리고 식전부터 이렇게 시장에 나올 만큼 급하게 필요한 물건도 없었다. 하지만 무슨 이유가 있겠거니 생각하며 아무런 말도 하지 않았다.

그가 아는 진무원은 이유 없이 일을 벌이는 사람이 아니었다. 그가 움직일 때면 반드시 그에 합당한 이유가 있었다.

문득 진무원의 걸음이 멈췄다. 그의 시선이 향한 곳은 시장 구석에 있는 노점이었다. 늙은 상인이 물건을 좌판에 가득 깔아놓은 채 팔고 있었는데, 그야말로 없는 것이 없어 보였다. 종류도 다양하고 중원에서만 볼 수 있는 물건도 몇 가지 보였다.

진무원은 신중한 표정으로 좌판에 쌓인 물건들을 살펴보았다. 그러자 노점 주인이 반색을 했다.

"마음에 드는 물건이라도 있수?"

"이게 마음에 드는군요."

진무원이 집어 든 것은 고풍스러운 문양이 음각된 철검이었다. 이런 시장 노점에 있다는 것이 이해가 되지 않을 정도로 잘 만들어진 물건이었다.

진무원은 철검을 검집에서 뽑아 자세히 살펴보았다. 고급스러운 외양과 달리 누군가 이미 사용했는지 날이 군데군데 빠져 있었다. 그래도 수리만 하면 꽤 오랫동안 사용할 수 있을 정도로 상태가 괜찮았다.

노점 주인이 누런 이를 드러내며 헤벌쭉 웃었다.

"흐흐! 기가 막힌 물건을 골랐구려. 은자 석 냥만 주시오."

"비싸군요."

"비싸긴, 사기 싫으면 딴 데 가시오."

"그러죠."

진무원이 철검을 내려놓고 자리에서 일어났다. 그러자 오히려 노점 주인이 당황했다.

"이보슈, 그냥 가시면 어떡하오?"

"비싸면 가라면서요?"

"제길! 은자 두 냥. 그 이상은 못 깎아주오."

"제 질문에 답해주면 그냥 은자 석 냥 드리겠습니다."

"그게 뭐요?"

노점 주인이 솔깃한 표정으로 귀를 기울였다.

"이 검, 어디서 났습니까?"

"그게 중요한 일이오?"

"그냥 궁금해서 그럽니다."

"그게…….."

웬일인지 노점 주인이 대답하는 것을 주저했다. 그러자 진무원이 품에서 은화를 꺼냈다.

"대답을 하면 은자 석 냥을 더 주겠습니다."

은자 여섯 냥이면 본래 상인이 팔려던 가격의 두 배다. 청인과 곽문정은 진무원이 왜 이러는지 알 수 없어 그냥 바라보기만 했다.

잠시 탐욕스러운 시선으로 진무원의 손에 들린 은화를 바라보던 상인이 마침내 입을 열었다.

"얼마 전에 암시장이 열리면서 많은 물건이 시장에 쏟아져 나왔소. 그 철검도 암시장에서 사온 거요."

"암시장?"

"가끔씩 열리는데 요즘 들어 질 좋은 물건들이 쏟아져 나오고 있소. 여기 옥계에서 장사하는 사람들 중 반 이상이 암시장에서 물건을 사온다고 보면 될 거요."

"암시장이 언제 열리는지 알 수 있습니까?"

"그건 장담할 수 없소. 오늘 밤이 될 수도 있고 몇 달 후가 될 수도 있소."

"그럼 열리는 장소만이라도 알려주십시오."

진무원이 노점 주인의 눈앞에서 은화를 흔들었다. 그러자 노점 주인의 얼굴에 탐욕의 빛이 떠올랐다.

"이곳에서 북쪽으로 가면 현무로(玄武路)라는 길이 나오는데 그 한쪽에 큰 공터가 있소. 그곳에서 암시장이 열리오."

"고맙습니다."

진무원은 노점상 주인에게 은화 여섯 냥을 던져준 후 자리에서 일어났다. 그의 손에는 예의 철검이 들려 있었다.

"형, 그런 철검을 무슨 은자 여섯 냥이나 주고 사요?"

곽문정이 이해가 가지 않는단 표정으로 물었다. 그에 반해 청인은 무언가 눈치챈 것처럼 신중한 표정으로 진무원의 손에 들린 철검을 바라보고 있었다.

"혹시 그 검……?"

"운남에서는 보기 힘든 양식입니다."

무기도 지역과 기후의 영향을 받게 마련이다. 운남처럼 숲이 빽빽한 지역에서는 검보다는 도를 선호했다. 특히 도신의 등이 두껍고 무거운 도가 환영을 받았다. 그래야만 우거진 나뭇가지를 자르는 것이 수월하기 때문이다.

검도 마찬가지였다. 운남의 대표적인 문파인 점창파의 주무기는 검이었다. 그들이 사용하는 검은 중원에서 사용하는 검보다 더 무거우면서 무게중심도 검첨에 가깝게 형성되어 있었다. 때문에 검의 본래 용도인 찌르기보다는 베기에 더 적합했다.

진무원이 들고 있는 검은 그런 운남의 성향과 맞지 않았다. 청인이 진무원에게서 검을 넘겨받아 자세히 살폈다.

"확실히 운남에서 만들어진 검은 아니군. 운남의 검은 더 무거우면서도 길이가 짧지."

"중원에서 만들어진 겁니다. 그것도 최소한 호남성 이북에서요."

진무원은 뛰어난 장인이었다. 검을 손가락으로 튕겨보는

것만으로 재질까지 알 수 있었다.

각 성마다 쇠의 제련 방식이 달라 미세하게 차이가 있었다. 일반적인 사람들은 죽었다 깨어나도 그 차이를 알 수 없겠지만, 진무원처럼 경지에 이른 장인이라면 단박에 알아차릴 수 있었다.

"시장을 한 바퀴 돌아보니 이렇게 중원에서만 볼 수 있는 물건이 대량으로 풀렸더군요. 외부의 상단이 운남에 들어오길 꺼리는 상황인데도 그 많은 물건이 풀린 것 자체가 이상하더군요."

그것이 진무원이 느낀 위화감의 실체였다.

"기가 막히는군."

청인이 자신도 모르게 감탄사를 터뜨렸다. 분명 같은 광경을 보고, 같은 거리를 거닐었는데, 진무원은 자신과 전혀 다른 관점에서 사물을 보고 있었다.

영문을 모르는 곽문정만이 두 눈을 끔뻑이며 두 사람을 번갈아 바라보았다. 도대체 무슨 말을 하는 것인지 알 수가 없었기 때문이다.

"저도 알아듣게 이야기하면 안 되나요?"

곽문정의 볼멘소리에 청인이 혀를 찼다.

"그 머리는 장식품이냐? 머리를 굴려봐라. 운남과 어울리지 않는 물건이 시장에 대량으로 풀렸다. 그게 무엇을 뜻하겠느냐?"

"어디선가 물건이 유입됐겠죠?"

"그러니까 어디서 유입됐겠느냔 말이다. 멍청아, 생각 좀 하고 살아라."

"그럼?"

곽문정의 표정이 굳었다. 그제야 그도 감을 잡은 것이다.

"그래, 상인들을 납치해 간 자들이 암시장에 물건을 푼 것이다. 이 검은 납치된 상단의 무인들이 사용하던 것이 분명하다."

이제껏 수많은 상단이 납치당했다. 수많은 이가 그들을 찾으려고 노력했지만, 이제껏 어떤 단서도 찾지 못했다.

흑월에서도 최근에 이 사건에 관심을 가지고 정보를 수집했지만, 벽에 막혀 진전이 없는 상황이었다. 그런데 전혀 뜻밖의 장소에서 예상 밖의 인물에게서 사건을 진전시킬 단초를 얻게 되었다.

청인이 새삼스러운 표정으로 진무원을 바라보았다.

'이자, 단순히 무공만 강한 것이 아니라 무서운 직관력까지 갖췄다.'

대부분의 사람이 단순히 실종된 상인들에게 집중할 때 진무원은 전혀 다른 관점에서 사건을 바라보고 추적했다. 그리고 의외의 장소에서 단서를 얻었다.

전혀 어울릴 것 같지 않은 상황에서 원하는 결과를 얻어내는 능력은 노력한다고 얻을 수 있는 것이 아니었다. 그런 직관력은 타고나야 하는 것이었다.

그는 자신의 생각보다 진무원이 훨씬 더 상대하기 까다로운 존재임을 깨달았다.

부르르!

정체를 알 수 없는 오한에 갑자기 등골이 서늘해졌다. 그는 이런 느낌이 꽤나 오래갈 것 같다고 생각했다.

진무원이 청인을 바라봤다. 청인은 진무원의 시선에 담긴 의미를 대번에 알아차렸다.

"이제부터는 내가 맡지. 한 시진 안에 암시장에 관한 모든 것을 알아오겠다."

꽉 막힌 상황에서 돌파구를 찾는 것이 어렵지, 일단 단서를 얻은 이상 정보를 얻는 것은 그리 어려운 일이 아니었다. 특히나 흑월의 조직력을 이용하면 말이다.

진무원의 시선이 북쪽 현무로를 향했다.

'이제야 한 걸음 가까워졌군.'

바람이 불어오고 있었다.

*　　　　*　　　　*

암시장은 단어 그대로 은밀하게 열리는 시장이었다. 시중에 떳떳하게 풀 수 없는 물건이 많이 풀리기 때문에 열리는 시간도, 장소도 제멋대로였다. 그 때문에 미리 정보를 알지 않는 이상 일반인이 암시장에 접근할 수 있는 방법은 거의 없다고 봐도 무방했다.

옥계에 암시장이 열린 것은 매우 이례적인 일이었다. 성도인 곤명과 가깝기에 굳이 암시장을 찾지 않아도 대부분의 물건을 구할 수 있기 때문이다. 하지만 최근 상인들의 왕래가 끊기면서 대부분의 물건이 품귀 현상을 빚었다. 그러던 차에 갑자기 열린 암시장은 상인들의 숨통을 트여주었다.

상인들은 물건의 출처를 궁금해하지 않았다. 그들에게 중요한 것은 물건을 팔아 생계를 유지할 수 있게 되었다는 것이다. 워낙 갑작스럽게 열렸다가 순식간에 파장하기 때문에 대부분의 사람은 암시장이 존재하는지도 몰랐다.

밤이 깊은 시각, 현무로 공터에 한 무리의 사람이 십여 대의 마차와 함께 나타났다. 그들은 공터 한쪽에 마차에 실린 짐을 쌓기 시작했다. 마차에 실려 있던 짐이 모두 쌓였을 때쯤 약속이라도 한 것처럼 상인들이 하나둘씩 공터로 모여들기 시작했다.

상인들은 공터에 쌓인 짐을 자세히 살펴보기 시작했다. 질 좋은 비단을 비롯해 도자기, 약재, 무기 등 그 종류도 다양했다. 그 대부분이 운남성에서는 보기 힘든 것이었다.

암시장을 연 자들은 별말이 없었다. 자신들끼리 가끔씩 귀엣말로 대화를 했지만, 그들의 목소리가 작아 들리지가 않았다.

잠시 시간이 흐른 후 상인들이 공터 중앙으로 모이기 시작했다. 그들은 지난 몇 번의 경험으로 이제부터 진정한 흥정이 시작된다는 것을 알고 있었다.

암시장을 연 자들 중 우두머리로 보이는 남자가 앞으로 나섰다. 모두의 시선이 남자에게 향했다.

"물건을 모두 확인하셨을 거요. 모두 하자 없는 물건이오. 가격은 저번과 동일하오. 사실 분들은 앞으로 나오시오."

남자의 말에 상인들이 웅성거리며 서로의 눈치를 보더니 한 명씩 앞으로 나오기 시작했다.

상인들 중 유독 왜소해 보이는 상인이 남자에게 물었다.

"정말 하자가 없는 물건이겠지요? 혹여 문제가 생기면……."

"거리끼면 안 사면 그만이오. 사려는 분은 많으니까."

"말해주기 곤란한가 보군요."

상인의 질문에 남자가 입을 다물었다. 대신 그의 몸에서 살벌한 기세가 흘러나왔다.

"더 이상 질문은 받지 않겠소."

"그래도 그 정도는 대답해 줘도 무방하지 않나요? 우리도 막대한 위험을 무릅쓰고 하는 일인데."

"거리끼면 안 사도 된다고 말했을 텐데?"

"거리끼기는 한 모양이군요. 역시 제대로 된 과정을 통해서 얻은 물건이 아니군요."

순간 남자의 몸에서 살기가 확 풍겨 나왔다. 상인을 노려보는 남자의 눈에서 순간적으로 붉은 안광이 번뜩였다.

"네놈은 누구냐?"

"그건 제가 오히려 물어보고 싶은 말이군요. 당신은 누군가요?"

남자의 살기에도 상인은 오히려 생글생글 웃었다.

"너, 평범한 상인이 아니구나."

"당신도 평범한 상인이 아닌 것 같군요."

상인은 남자의 압도적인 기세와 살기에도 여유를 잃지 않았다. 그런 상인의 태도가 남자의 심기를 자극했다.

우두머리 남자 주위로 다른 남자들이 속속 몰려들었다. 그들의 몸에서도 남자 못지않은 살기가 흘러나왔다. 그들의 살벌한 기세에 다른 상인들이 심상치 않은 분위기를 느끼고 한발 두발 뒤로 물러났다.

하지만 왜소한 상인은 여전히 생글거리는 표정으로 남자들을 바라보았다.

스릉!

남자들이 일제히 무기를 꺼내 들었다. 그래도 상인은 한 발 자국도 뒤로 물러나지 않았다. 오히려 팔짱까지 낀 채 재밌다는 듯이 남자들을 바라보았다.

'설마?'

이상한 낌새를 느낀 우두머리 남자가 외쳤다.

"모두 죽이고 판을 접어라!"

"옛!"

남자들이 대답과 함께 상인들을 공격하기 시작했다.

"으악!"

"살려줘!"

상인들이 비명을 지르며 도망갔지만, 남자들은 악착같이 상인들을 쫓아 기어이 죽였다. 비명이 터지고 피가 난무하면서 장내는 순식간에 아수라장으로 변했다.

자신으로 인해 지옥 같은 광경이 펼쳐졌는데도 우두머리를 도발한 상인은 눈 하나 깜빡이지 않았다.

쉬악!

"죽어랏!"

상인을 향해 우두머리 남자의 검이 날아왔다. 순간 상인이 손을 들어 검을 막았다.

캉!

분명 맨손으로 막은 것 같았는데 쇳소리와 함께 불꽃이 튀었다. 검을 잡은 손에서 느껴지는 반진력(反進力)에 우두머리 남자가 흠칫했다.

"너?"

그 순간 상인이 큭큭거리며 자신의 얼굴을 손으로 문질렀다. 그러자 얇은 막이 벗겨지면서 이전과는 전혀 다른 얼굴이 드러났다.

태어나서 단 한 번도 태양을 보지 못한 듯 창백한 피부와 유달리 붉은 입술, 그리고 독사처럼 차갑게 빛나는 눈매가 유난히 인상적인 남자였다.

"인피면구?"

우두머리 남자의 눈동자가 흔들렸다.

상인이 인피면구를 쓰고 있다는 사실 때문이 아니라, 인피면구에 감춰진 본모습 때문이었다.

인피면구를 벗은 남자가 차가운 미소를 지었다.

"이제야 꼬리를 잡았군. 쥐새끼들."

"너는 누구냐?"

"율경천."

"설마 설풍대?"

우두머리 남자 윤문천의 눈동자가 흔들렸다. 그가 급히 주위를 둘러봤다. 그러자 언제 나타났는지 모르게 하얀 전포를 걸친 이십여 명의 남자가 암시장을 완벽하게 포위하고 있는 모습이 보였다.

설풍대(雪風隊).

패권회주 조천우의 직속 무력 조직이다. 세상에 드러내 놓고 할 수 없는 일을 주로 처리하기 위해 만들어진 조직으로 오직 조천우와 엽평만이 그들을 움직일 수 있었다.

설풍대 개개인은 절정 이상의 고수들로 이뤄져 있을 뿐 아니라 오랜 세월 손발을 맞춰왔기에 눈빛만으로도 서로의 의중을 알 수 있을 정도로 교감을 나누고 있었다.

설풍대가 지나간 자리에는 개미 한 마리 살아남지 못한다는 말이 있을 정도로 그들은 잔혹했다. 임무를 위해서라면 여자고 어린아이고 할 것 없이 모조리 죽여 버릴 정도로 무자비한 면모를 가지고 있었기에 설풍대를 조금이라도 아는 자들은 그들을 두려워했다.

율경천은 설풍대를 이끄는 대주였다.

지난 오 년간 설풍대를 이끌고 수많은 공적을 쌓은 철혈의 무인이다. 하지만 그를 아는 사람들은 악귀대주(惡鬼隊主)라고 불렀다.

윤문천도 무력에 자신이 있는 편이지만, 상대가 율경천이라면 이야기가 달랐다. 그가 괜히 악귀대주라고 불리는 것이 아니었다.

"제길!"

윤문천이 욕설과 함께 급히 뒤로 물러났지만, 율경천은 가만 두고 보지만은 않았다.

"도주할 수 있을 것 같은가?"

팟!

율경천이 전포를 펄럭이며 윤문천을 향해 쇄도했다. 뒤로 아무리 빨리 물러나도 앞으로 달려드는 것보다 빠를 수는 없었다. 율경천은 순식간에 윤문천을 따라잡았다.

"큭!"

윤문천이 검을 휘둘러 율경천의 목을 노렸다.

파라락!

독사처럼 파고드는 검날을 보면서도 율경천은 전혀 긴장한 표정이 아니었다. 오히려 그는 하얀 장갑을 낀 손으로 윤문천의 검신을 덥석 잡았다.

그가 끼고 있는 장갑은 천잠사로 만들진 것으로 어지간한 도검의 공격에도 생채기조차 나지 않는 기물이었다.

율경천이 손에 힘을 주자 윤문천의 검이 두 동강이 났다.

"제길!"

윤문천이 동강 난 검을 버리고 주먹으로 공격하려 했지만, 율경천의 움직임은 그의 상상 이상이었다.

윤문천이 미처 반응할 사이도 없이 율경천의 손바닥이 그의 가슴을 강타했다.

쾅!

"컥!"

답답한 신음성과 함께 윤문천이 그대로 바닥을 나뒹굴었다. 윤문천이 버둥거리며 일어나려 했지만 팔다리에 힘이 들어가지 않았다.

"소용없을 거야. 공선장(空線掌)에 격중되면 근육이 따로 놀아 얼마간 힘을 쓰지 못해."

율경천이 윤문천을 비웃으며 주위를 둘러봤다. 어느새 장내는 조용해져 있었다. 설풍대가 암시장을 연 남자들을 거의 제압한 것이다.

역시 설풍대라는 탄사가 절로 나오는 광경이었다. 하지만 그 순간 누구도 예상하지 못한 일이 벌어졌다.

갑자기 제압당한 남자들이 피를 토하며 픽픽 쓰러졌다.

"독약이다! 놈들의 아혈을 제압해!"

뒤늦게 사태를 파악한 설풍대의 무인이 소리쳤지만, 이미 늦은 후였다. 독약을 삼킨 남자들은 얼굴이 시커멓게 변한 채 절명한 상태였다. 그야말로 지독한 극독이었다.

'설마?'

율경천이 급히 윤문천을 바라보았다.

피잉!

그 순간 날카로운 파공음이 야공에 울려 퍼졌다. 율경천은 본능적으로 고개를 숙였다. 간발의 차이로 화살 한 대가 그의 머리카락을 스치고 지나가 바닥에 박혔다.

"누구냐?"

겨우 화살을 피한 율경천이 허리에 차고 있던 도를 뽑아 들었다. 그 순간 세 대의 화살이 더 날아왔다.

카카캉!

율경천은 도를 휘둘러 화살을 모조리 쳐냈다. 하지만 율경천의 표정은 그다지 밝지 않았다.

"감히!"

바닥에 쓰러져 있어야 할 윤문천이 보이지 않았다. 그 짧은 시간에 누군가가 그를 구출해 간 것이다.

율경천이 이빨을 뿌득 갈았다.

"도주할 수 있을 성싶으냐?"

율경천이 어두운 길거리로 몸을 날리자 설풍대가 그 뒤를 따랐다. 한밤중에 때아닌 추격전이 벌어졌다.

설풍대가 빠져나간 암시장은 정적에 잠겨 있었다. 암시장에 물건을 사러 왔던 상인 대부분은 싸움에 휘말려 죽거나 큰 상처를 입은 채 바닥에 누워 있고, 암시장을 열었던 남자들도 모조리 죽어 있어서 거대한 무덤을 연상케 했다.

"후아! 지독하군. 완전히 도살장이 따로 없군."

이십 대 후반으로 보이는 삐쩍 마른 남자가 고개를 절레절레 저었다. 그와 함께 들어오는 이는 진무원과 곽문정이었다. 곽문정이 질렸다는 눈빛으로 이십 대 후반의 남자를 바라봤다.

'도대체 하루에 얼굴이 몇 번이나 바뀌는 거야?'

삐쩍 마른 남자는 바로 청인이었다. 그의 새롭게 바뀐 얼굴에 곽문정은 도통 적응을 하지 못하고 있었다.

진무원은 침중한 표정으로 주위를 둘러봤다. 아수라 지옥이 눈앞에 펼쳐져 있다.

설풍대는 암시장을 연 남자들을 제압하는 과정에서 상인들의 안위는 전혀 고려하지 않았다. 암시장을 연 남자에게 죽은 상인보다 설풍대에게 죽은 상인의 수가 더 많다는 것이 그 사실을 입증하고 있었다.

청인이 진무원을 바라보았다.

"어떡하지? 한발 늦은 것 같은데."

그가 미안하다는 표정을 지어 보였다. 자신이 정보를 얻는 게 늦어 이 지경이 된 것 같았기 때문이다.

진무원은 대답 대신 바닥에 떨어진 철시를 주워 들었다.

"적귀병단."

진무원은 이미 두 번이나 철시를 사용하는 자들과 조우한 적이 있기에 단숨에 알아보았다.

"적귀병단?"

생전 처음 들어보는 단어에 의문을 표한 것은 청인이었다.

"어이, 이봐?"

그 순간 진무원이 어둠 속으로 몸을 날렸다. 그 뒤를 청인과 곽문정이 급히 따랐다.

"이런 제기랄! 야, 사람 말이 말 같지 않냐?"

*　　　*　　　*

대부분의 절은 산중 깊은 곳에 있거나 민가와 멀리 떨어진 곳에 터전을 잡는다. 아무래도 세속에서는 불법을 수행하기가 쉽지 않기 때문이다.

하지만 구룡사(九龍寺)는 특이하게도 옥계의 중심 번화가에 자리 잡고 있었다. 구룡사에서 가장 유명한 것은 일명 구룡석탑이라 불리는 십삼 층짜리 석탑이다.

구룡석탑 정상에 올라서면 옥계의 전경이 한눈에 들어왔다. 그 때문에 옥계를 찾는 유람객이라면 반드시 들러야 하는 관광 명소로 알려져 있었다.

평상시 참배객과 유람객으로 북적거렸을 구룡사에는 개미 새끼 한 마리 보이지 않았다. 대신 일단의 무인이 구룡사를 점거하고 있었다.

구룡석탑 위에서 옥계를 내려다보는 남자가 있다. 약간은 꾸부정한 허리에 왜소한 체구의 평범해 보이는 남자였다. 하지만 남자의 실체를 아는 자라면 감히 그를 평범하다 이야기할 수 없을 것이다.

천안통주 엽평.

패권회주 조천우의 최측근인 그가 구룡석탑 정상에서 옥계를 바라보고 있었다.

옥계에서 일어난 소요가 가감 없이 그의 눈에 들어오고 있었다. 고요하던 거리에 불이 켜지고, 사람들의 비명 소리가 밤하늘의 정적을 찢고 날카롭게 울려 퍼졌다.

설풍대가 윤문천을 추적하면서 일어난 일이었다. 설풍대는 무자비했다. 그들은 방해가 되는 모든 것을 파괴하며 윤문천과 그를 구해간 자를 추적하는 중이었다. 하지만 적들의 방해도 만만치 않았다.

곳곳에서 예상치 못한 이들이 나타나 설풍대의 추적을 방해했다. 평범해 보이는 노파가 암기를 날리고, 아녀자가 부엌칼로 검기를 발산하며 공격해 왔다.

예상치 못한 이들의 공격에 설풍대도 피해를 입었다. 누가 적이고 누가 민간인인지 구별할 수 없는 상황이었다. 이렇게 되자 설풍대는 더욱 독하게 행동했다. 보이는 모든 이를 적으로 규정하고 닥치는 대로 도륙했다.

그들의 행로에 있던 저택들이 파괴되고, 곤히 잠을 자던 사람들이 죽임을 당했다. 옥계는 순식간에 아수라장이 되었다.

엽평은 구룡석탑 위에 서서 그 광경을 바라보았다. 설풍대에 의해 죄 없는 이들이 죽어나가고 있었지만 그는 전혀 개의치 않았다. 그에게 중요한 것은 감히 패권회의 영역에서 음모를 꾸민 자들을 처단하는 것이었다.

운남성에 들어온 상단이 실종되면서 가장 큰 피해를 입은 이는 패권회였다. 단순히 물질적인 손해만 봤으면 큰 문제가 없었을 테지만, 가장 중요한 명성과 신뢰에 큰 금이 가고 말았다.

그로 인해 패권회가 입은 타격은 이루 말로 다 할 수 없을 정도였다. 그중 가장 큰 것 중 하나가 바로 운중천이 운남성의 사태에 개입할 빌미를 줬다는 것이다.

북천문을 배신하면서까지 얻어낸 그들의 영토이다. 비록 필요에 의해 운중천과 손을 잡았다고 하지만, 끝까지 함께할 수 없는 사이란 것은 서로가 잘 알고 있었다.

그래서 조천우는 이제까지 운중천이 개입할 여지를 주지 않기 위해 노력해 왔다. 하지만 일련의 사태로 그의 노력은 모두 물거품이 되고 말았다.

운남성에 들어온 세 번째 상단이 실종된 직후 조천우는 엽평에게 은밀히 명령을 내렸다.

'반드시 놈들을 추적해서 색출해 내게. 운중천이 본격적으

로 개입하기 전에 이 모든 사태를 해결해야 하네.'

얼마나 많은 이가 죽어나가고 피해를 입을지는 애초에 조천우의 염두에 들어 있지 않았다. 그가 원하는 것은 운중천이 파견한 이들이 본격적으로 개입하기 전에 이 모든 일을 해결하는 것이었다.

그때부터 엽평은 은밀히 움직였다.

하지만 숨어 있는 적들을 추적하는 일은 결코 쉽지가 않았다. 어찌나 은밀히 숨었는지 그들의 흔적조차 발견하기 힘들었다.

저들이 옥계를 근거지로 하고 있다는 사실을 어렵게 알아냈지만, 그 이상의 진전은 없었다.

결국 엽평의 결론은 한 가지로 귀결됐다.

"옥계에는 분명 많은 협조자가 있을 것이다. 그들이 본 회의 눈과 귀를 가리고 있다."

얼마나 많은 수가 있는지는 엽평도 알 수 없었다. 어쩌면 몇 명 되지 않을 수도 있고 수백 명이 넘을지도 몰랐다.

그로 인한 절대자의 분노는 무서웠다.

조천우는 엽평에게 명했다. 옥계를 지도에서 지워서라도 암중의 인물들과 그들에게 협조한 자들을 모조리 죽이라고.

엽평은 진무원이 그런 것처럼 최근 암시장이 열렸다는 사실에 주목했다. 암시장을 통해서 실종된 상단의 물건이 풀릴 거라고 본 것이다. 그리고 그의 예상은 훌륭하게 맞아떨어졌다.

모든 것을 확인했으니 이젠 사냥할 일만 남았다. 감히 패권회의 아성에 도전한 자들을 응징할 시간이었다.

엽평이 뒤를 돌아봤다. 그러자 검은 무복을 입은 무인들이 보였다. 그간 패권회에서 구룡사로 은밀히 빼돌린 주력 무인들이었다.

그 사실을 아는 자는 극히 일부에 불과했다. 심지어는 소회 주인 조운경조차 이 사실을 알지 못했다.

"시작하도록."

"명!"

힘찬 대답과 함께 검은 무복을 입은 남자들이 수하들을 이끌고 옥계 곳곳으로 흩어졌다.

엽평은 그 광경을 보며 중얼거렸다.

"주군께서 원하는 대로 될 겁니다."

옥계에 피비가 내릴 것이다.

* * *

임수광은 가부좌를 틀고 앉아 은색의 장갑을 손질하고 있었다. 미세한 굵기의 쇠사슬을 수도 없이 연결해서 만든 그만의 독문병기인 은린살갑(銀鱗殺匣)이었다.

백련묵강(百鍊墨鋼)으로 만들어 강도가 그 어떤 명검이기에 뒤지지 않을뿐더러 그의 장법을 배가시켜 주는 효능을 가지고 있었다.

일단 은린살갑을 끼면 그 누구도 두렵지 않았다. 회주인 조천우를 제외하면 패권회 내에서도 그를 상대할 자가 많지 않았다. 그 자신감의 이면에 바로 은린살갑이 있었다.

하지만 그가 은린살갑을 끼는 경우는 극히 드물었다. 은린살갑을 끼지 않고도 그를 당할 자가 많지 않았기 때문이다.

그의 마음이 가장 편할 때가 은린살갑을 손질할 때였다. 병기와의 교감을 통해 정신의 안정을 찾는 것이다. 하지만 지금 그의 표정은 그리 밝지 않았다.

"휴! 마음이 쉽게 안정이 되지 않는구나."

이곳 옥계에 들어서면서부터 일어난 현상이었다. 아니, 정확히는 진무원과 동행한 후 일어난 일이었다.

"진무원."

그의 마음에 심마를 던진 이름 석 자이다.

동명이인이라고 생각했다. 그래서 애써 신경을 쓰지 않으려 했다. 한데 그러면 그럴수록 그의 마음에 파문이 일어났다.

"그는 분명 죽었다. 운중천에서도 그렇게 말하지 않았던가? 그런데 왜……."

괜스레 가슴이 답답해져 왔다.

임수광이 진무원의 얼굴을 떠올렸다.

젊은 청년의 것이라고 볼 수 없는 깊게 침잠된 눈과 굳게 다문 입술, 그리고 유려한 얼굴선이 그가 알고 있던 어린 시절의 진무원과 비슷한 것 같기도 했다.

하지만 그는 확신할 수가 없었다. 십 년이 넘는 세월 동안 그의 기억은 희미해졌고, 소년이던 진무원의 얼굴 또한 또렷하게 기억이 나지 않았다.

너무 오랜 시간이 흘렀고, 그만큼 까마득하게 잊고 있었다. 그래서 더 가슴이 답답했다.

"휴!"

그가 나직이 한숨을 내쉬었다.

거친 북방을 떠나 중원에 들어올 때는 마음이 이렇게 무겁지 않았다. 오히려 그때는 홀가분하다고 생각했다. 밀야라는 보이지 않는 사슬에서 해방되어 웅지를 펼칠 일만 남았다고 생각했다.

하지만 왜 이리 가슴이 답답한 것일까? 십 년이 지난 지금 그의 가슴엔 커다란 바윗덩이가 자리를 잡고 있었다.

그가 믿고 의지하던 주군 조천우는 운남성에 자리를 잡은 이후 변했다. 조천우는 권력을 추구했다. 그에게 강호의 정의나 의기 따윈 통하지 않았다. 오직 힘만이 전부라고 생각했다.

임수광은 그런 조천우의 행동에 염증을 느꼈다. 조천우 역시 그런 임수광을 멀리하면서 한직으로 내몰았다.

따지고 보면 임수광이 당기문을 호위해 이곳에 온 것도 조천우에게서 조금이라도 떨어져 자유를 느끼고 싶기 때문이었다. 그래서 조천우가 당기문 숙질의 호위를 명령했을 때 그렇게 흔쾌히 응했는지 모른다.

임수광은 진무원의 시선을 떠올렸다. 자신을 바라보던 그의 시선은 덤덤함 그 자체였다. 그 어떤 감정도 담겨 있지 않았다. 그래서 더 혼란스러웠다.

"정말 그가 아닌가? 차라리 그였으면 좋겠구나."

번뇌와 심마의 소용돌이가 그의 머릿속을 휘젓고 있었다. 머리가 극심하게 아파왔다.

임수광이 눈을 질끈 감을 때였다.

"장로님."

밖에서 그를 부르는 낯익은 목소리가 있었다.

"누군가?"

"저 송경입니다."

송경은 그와 함께 이곳으로 파견 온 패권회의 젊은 무인이다.

"무슨 일인가?"

"급히 나와 보셔야겠습니다."

심상치 않은 그의 목소리에 임수광이 자리에서 일어나 밖으로 나갔다. 밖에 나오니 송경의 얼굴이 붉게 상기되어 있는 모습이 보였다.

"무슨 일이냐?"

"변고가 일어났습니다."

"변고?"

임수광의 눈썹이 치켜 올라갔다.

"정체불명의 무인들이 추격전을 벌이고 있습니다. 그 와중에 수많은 사람이 죽어나가고 있습니다."

"그게 무슨 말이냐? 정체불명의 무인들이라니?"

임수광이 알기에 옥계에는 특별한 세력이나 무파(武派)가 존재하지 않았다. 이곳 역시 패권회의 영역이었다. 다른 세력이 있다면 그가 모를 리 없었다.

"설마 그 광인과 연관된 것인가? 밖으로 나가보자."

"예!"

두 사람이 급히 청월장의 문을 열고 밖으로 나왔다.

"으음!"

한줄기 침음성이 임수광의 입술을 비집고 흘러나왔다.

어제까지만 해도 평화롭던 저잣거리는 부서지고 무너져 폐허가 되어 있고, 거리 곳곳에는 시신이 널려 있었다.

시신의 몸통에는 칼자국이 선명하게 남아 있고, 아직도 뜨거운 피가 흐르고 있었다.

"대체 누가?"

임수광의 얼굴에 분노의 빛이 떠올랐다. 그가 손에 들고 있
던 은린살갑을 끼었다. 그의 살심이 극에 달했다는 증거였다.

그가 급히 송경에게 말했다.

"너는 당 대협을 지키거라."

"그럼 장로님께서는?"

"나는 흉수들을 추적할 것이다."

"네 목숨을 걸고서라도 반드시 지키거라."

"알겠습니다."

송경의 얼굴에 결연한 빛이 떠올랐다.

임수광은 송경을 뒤로하고 경공을 펼쳤다. 그는 흉수의 흔
적을 쫓았다.

처참한 거리의 풍경에 임수광의 표정이 더욱 딱딱하게 굳
었다. 목불인견의 참상이 거리에 펼쳐져 있었다.

도살장이 따로 없었다. 수많은 이가 죽거나 다쳐 신음성을
흘리고 있었다. 개중에는 무기를 든 무인도 있었지만, 대부분
의 사람은 무공을 익히지 않은 일반인이었다.

"아앙! 엄마, 일어나."

가슴을 부여잡고 쓰러진 어미를 애타게 부르는 아이의 울
부짖음이 그의 고막을 비수처럼 파고들었다.

"절대 용서하지 않으리라."

그가 속도를 높였다. 그러자 저 멀리 거리를 질주하고 있는 검은 무복을 입은 남자가 보였다. 그가 휘두른 검에 다른 무인이 쓰러졌다.

"멈춰라."

임수광이 노성을 내뱉으며 검은 무복의 무인을 향해 달려들었다. 그러자 검은 무복의 무인이 흠칫 놀라며 뒤로 물러나려 했다. 하지만 그보다 임수광의 움직임이 더 빨랐다.

임수광이 어느새 검은 무복을 입은 무인의 지척까지 파고들었다. 그가 손바닥을 활짝 폈다.

은룡무영장(銀龍無影掌).

그에게 팔비신장(八臂神將)이라는 별호를 얻게 해준 성명절기가 펼쳐졌다.

검은 무복의 무인은 검을 휘둘러 임수광의 은룡무영장을 막으려 했지만 소용없었다.

파캉!

검이 산산이 부서지며 복부를 강타당한 검은 무복의 무인이 뒤로 훌훌 날려가 바닥에 떨어졌다.

"네놈들의 정체가 무엇이냐?"

임수광이 버둥거리는 검은 무복 남자의 멱살을 잡아 끌어올렸다.

"크윽!"

입가에 피를 흘리는 검은 남자의 얼굴을 확인한 순간 임수광의 눈이 크게 떠졌다.

"임 장로님."

"네놈은 철령대(鐵靈隊) 장오가 아니더냐? 네놈이 왜 여기에……."

검은 무복의 남자는 그도 익히 아는 얼굴이었다.

장오라 불린 남자가 하얗게 질린 얼굴로 대답했다.

"회주님의 명입니다."

"회주가? 그럼 이 모든 일이 회주의 뜻이란 말이냐?"

"철령대뿐만 아니라 설풍대, 광천대(狂天隊)까지 모조리 동원되었습니다."

장오가 언급한 조직은 모두 조천우의 직속 조직이었다. 임수광도 몇몇 구성원만 알 뿐 그 실체에 대해서는 잘 모르고 있었다.

"너희가 왜 이곳에서 살육을 벌이는 것이냐?"

"적들의 꼬리를 찾았습니다. 그들을 섬멸하라는 회주님의 명령이 떨어졌습니다.

"그 때문에 백성들이 입을 피해는 생각하지 않은 것이냐?"

"일벌백계를 내리라 하셨습니다. 두 번 다시 패권회를 도발할 수 없도록. 필요하다면 옥계의 모든 생명체를 죽여도 좋다는 명령이 떨어졌습니다."

"미친!"

임수광의 얼굴이 딱딱하게 굳었다.

조천우의 패도적이면서 거친 성정을 누구보다 잘 알고 있는 임수광이다. 하지만 아무리 그렇다고 하더라도 이런 결정을 내릴 줄은 정말 몰랐다.

장오가 피투성이가 된 얼굴로 말했다.

"물러나십시오, 장로님. 장로님이 관여할 일이 아닙니다. 회가 명운을 걸고 행하는 일입니다."

"그래서 죄 없는 백성들까지 도살한단 말이냐?"

"모두가 회를 위한 일입니다."

"놈! 닥치거라!"

임수광의 노호성이 밤하늘에 울려 퍼졌다. 그에 장오의 얼굴이 더 핼쑥해졌다.

그가 하늘을 올려다봤다.

"회주, 도대체 어디까지 가려는 것이오? 이것이 정녕 당신의 뜻이오?"

8장

검을 지배하는 자

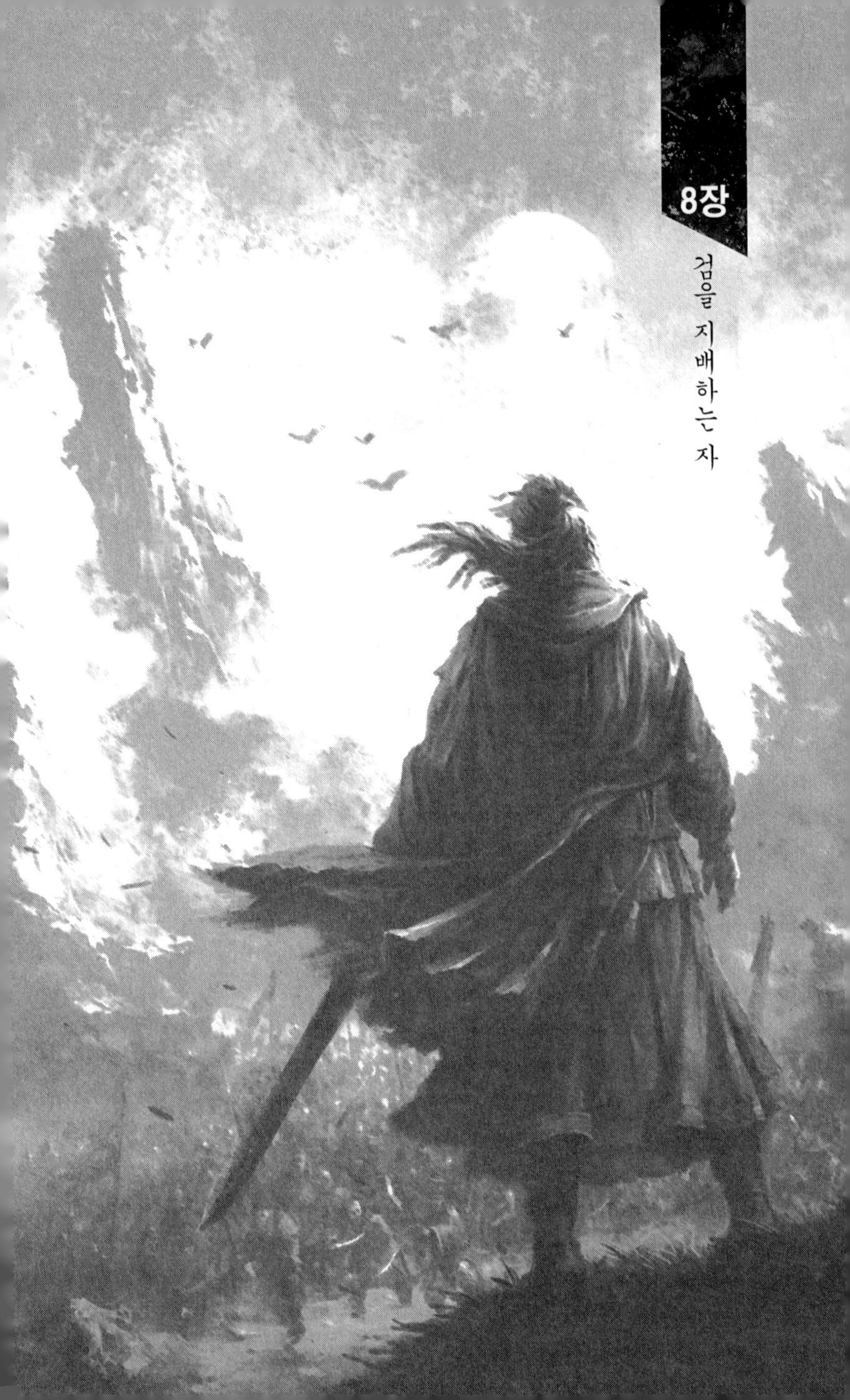

　강주명은 설풍대의 부대주로, 율경천의 심복일 뿐만 아니라 패권회에서도 알아주는 고수였다. 특히 두 자루의 단창을 잘 썼는데, 성격이 잔혹하고 편협해서 모두가 두려워했다.

　"감히 패권회에 반기를 들다니."

　그의 단창이 발산하는 창기에 두 무인의 가슴이 한꺼번에 뻥 뚫렸다. 강주명은 단창에 꼬치처럼 꿰인 무인들을 크게 휘둘러 내던졌다.

　바닥이 온통 피로 물들었다.

누군가의 비명 소리가 들려왔지만, 강주명은 신경 쓰지 않았다. 그와 설풍대에게 내려진 명령은 단 하나였다.

적들을 추적해 말살하는 것이었다.

그 과정에서 몇 명이 죽든, 또 어떤 사람이 휘말리든 그는 개의치 않았다. 오히려 그는 기분이 좋았다.

무인이라면 누구나 자신의 힘을 과시하고 싶고, 자신의 강함을 증명하고 싶어 한다. 그것이 무공을 익힌 자의 본능이었다. 특히 강주명처럼 고강한 무공을 익힌 자일수록 그런 본능은 더욱 강했다.

"아악!

그의 창기에 휘말려 또 몇 사람이 덧없이 죽어갔다. 윤문천을 구하려는 무인도 있었지만, 재수없이 근처에 있다가 횡액을 당한 백성도 있었다.

"아아!"

그 광경을 본 몇몇 사람이 제자리에 주저앉아 똥오줌을 지렸다. 생전 처음 보는 공포스러운 광경에 그들은 감히 움직일 생각도 하지 못하고 입만 벙긋거렸다.

강주명이 그들을 보며 기분 좋은 미소를 지었다.

남들과 다른 힘을 가지고 똑같이 산다는 것은 견딜 수 없었다. 그들의 공포 섞인 시선이 그의 우월감을 증폭하게 했다.

"그래, 그렇게 바라보거라. 너희 같은 하잘것없는 족속에게는 그런 모습이 어울린다. 흐흐흐!"

"미친놈!"

그런 강주명의 광기 어린 모습에 윤문천을 구하기 위해 나선 무인들마저 겁을 집어먹고 주춤거릴 정도였다. 설마하니 패권회의 무인들이 일반 백성의 피해도 아랑곳하지 않고 이렇게 무차별적으로 공격할 줄은 그들도 예상하지 못했다.

설풍대는 강했다. 무엇보다 집요하면서도 잔인했다.

패권회가 왜 그들을 중요하게 생각하는지 알 수 있을 것 같았다. 그들은 적군뿐 아니라 아군에게도 공포의 존재였다.

"흐흐! 본격적으로 해보자구."

그가 단창을 돌려 끼웠다.

철컥!

쇠가 맞물리는 소리와 함께 두 자루의 단창이 합쳐져 장창으로 변했다.

강주명이 장창을 휘두르며 달려들었다. 그의 장창에서 폭출된 창기에 기물이 부서지고 벌벌 떨던 사람들이 두 동강 났다. 핏물이 비산하고 사람들의 비명성이 저잣거리에 울려 퍼졌다.

쉬이익!

그때 갑자기 천막을 찢고 거대한 방천화극이 강주명을 향해 날아왔다. 강주명은 장창을 세로로 들어 자신의 전면을 막왔다.

쾅!

"켁!"

엄청난 충격과 함께 강주명의 몸이 뒤로 주르르 밀려났다. 강주명의 입가에 한줄기 선혈이 내비치고 있다. 그가 소매로 입술을 닦으며 새로이 나타난 남자를 노려봤다.

"누구냐?"

"크큭! 네놈도 제대로 미친놈이구나."

가래 섞인 웃음소리를 흘리며 나타난 남자는 남군위였다. 그의 손에는 거대한 방천화극이 들려 있었다. 급하게 이어 붙였는지 방천화극 중간에는 진무원에게 두 동강이 났던 흔적이 아직 선명하게 남아 있었다.

강주명이 신중한 눈빛으로 남군위를 바라보았다. 본능적으로 남군위가 범상치 않은 존재임을 알아차린 것이다.

"누구냐고 물었다."

"그게 중요한가? 흐흐!"

"그렇군. 하나도 중요하지 않은 이야기지."

강주명이 남군위를 향해 장창을 겨눴다.

그들이 만든 아수라장이었다. 그곳에서 예상치 못한 수라 하나가 뛰쳐나왔다고 해서 달라질 일은 없었다. 어차피 목숨을 건 싸움이었으니까.

오직 강한 자만이 살아남아서 자신의 정의를 증명할 뿐이
었다.

"챠핫!"

강주명이 장창을 휘두르며 공격했다. 그의 창이 허공을 수
놓았다. 푸른 창기가 공기를 갈기갈기 찢어발겼다.

"으하하! 좋구나!"

남군위가 광소를 터뜨렸다.

그의 방천화극이 부르르 떨렸다.

이곳에 오기 전 금단엽이 한 말이 떠올랐다.

"군위, 더 크게 판을 벌여주게. 잔혹할수록 좋아."

남군위의 두 눈이 광기로 번들거렸다.

"자네 말대로 이곳을 피로 물들여주지. 흐흐흐!"

츄화학!

그가 방천화극 휘둘렀다. 순간 그의 방천화극을 타고 화룡
모양의 강기가 발현됐다.

화룡진염극(火龍眞炎戟).

그 궁극의 극법이 펼쳐졌다.

파삭!

화룡의 강기는 강주명의 육신을 휩쓴 것으로 모자라 근처

의 민가까지 통째로 무너뜨렸다.

"으아악!"

강주명의 처절한 비명이 야공에 울려 퍼졌다.

"호호!"

남군위가 번들거리는 두 눈으로 주위를 둘러보았다.

거칠 것 없이 윤문천을 추격하던 설풍대가 곳곳에서 붉은 갑주의 무인들과 싸우는 모습이 보였다. 남군위가 이끄는 적귀병단이 그들을 막아선 것이다.

사람들의 비명 소리가 하늘을 찔렀다.

민가가 무너지거나 불타고, 힘없는 백성들은 강호인들의 싸움을 피해 필사적으로 도주하고 있었다.

애꿎은 백성들이 싸움에 휩쓸려 죽어가고 있었지만, 무인들은 눈 하나 깜빡이지 않았다.

광기와 광기의 격돌이 지옥을 열고 있었다.

"어떻게 이럴 수가?"

청인이 후들거리는 다리로 겨우 걸음을 옮겼다.

흑월의 비월로 천하에 안 가본 곳이 없는 청인이지만, 이런 지옥도는 처음이었다. 부모를 잃은 아이가 울고 있고, 검기에 휩쓸린 애꿎은 사람의 처참한 시신이 대지를 붉게 물들이고 있었다.

"이건 말도 안 돼."

곽문정의 뺨을 타고 눈물이 주르륵 흘러내렸다.

진정한 무인이 되겠다고 진무원을 따라나선 곽문정이다. 마음을 굳게 잡고 있었지만, 충격적인 광경 앞에서 그의 여린 마음이 무너지고 있었다.

진무원의 눈빛은 그 어느 때보다 깊이 가라앉아 있었다. 고요하기만 하던 그의 가슴에 격랑이 일고 있었다.

옥계에 사는 대다수의 사람은 무공을 모르는 일반인이다. 비록 강호라는 세상에 부대껴 살기는 하지만, 근본적으로는 아무런 연관도 없는 사람들이었다.

그런 이들의 삶이 무너지고 있었다.

터전을 잃고, 목숨을 잃고, 살아갈 의지를 잃고 있었다.

당장 강호인들의 싸움에 목숨이 위협받는 상황에서도 그들은 갈 곳을 찾지 못하고 터전 주위를 서성이고 있었다. 그런 그들의 모습이 진무원의 가슴에 큰 울림을 전하고 있었다.

진무원이 격전의 흔적을 따라 걸음을 옮겼다. 바닥에 고인 피가 족쇄가 되어 발목을 잡는 것처럼 걸음이 무거웠다.

'이것이 이들의 강호인가?'

수많은 사상자를 남긴 밀야와의 전쟁 때도 백성들이 살아가는 터전은 피해 싸웠다. 수많은 사람이 죽거나 다쳤지만, 그들 대부분은 칼날 위에서 살아가는 무인이었다.

자신의 이상과 정의를 위해 싸우다 죽었기에 누구도 그들의 죽음을 억울하다고 생각하지 않았다. 그것이 진무원의 강호였다. 하지만 진무원이 알고 있는 강호와 이들의 강호는 다른 모양이었다.

저들의 근원에 가까워질수록 파괴의 흔적은 커져만 갔다. 그 목불인견의 참상에 청인과 곽문정은 차마 똑바로 보지 못하고 고개를 돌렸다.

그 순간 일단의 남자가 그들의 앞을 막아섰다.

"네놈들은 누구냐?"

살기를 풀풀 날리며 진무원을 바라보는 남자들은 패권회 소속의 무인들이었다. 그들의 두 주먹에는 누구의 것인지 모를 선혈이 찐득하게 묻어 있었다.

진무원의 시선이 그들의 얼굴을 향했다.

"그러는 당신들은 누굽니까?"

"……."

"대답을 하지 않는군요. 못하는 겁니까, 안 하는 겁니까?"

"질문은 이쪽에서 했다."

"스스로를 밝히지 못할 만큼 떳떳하지 못한 겁니까?"

"감히 패권회를 모욕하다니."

순간 남자들이 발끈했다. 그에 진무원의 눈빛이 더욱 깊이 가라앉았다.

"역시 패권회군요."

정곡을 찌르는 진무원의 말에 남자들이 잠시 움찔했다. 어차피 눈 가리고 아옹 식이라 할지라도 패권회라는 단어가 언급되어서는 안 됐다.

"그 입이 화를 부르는구나."

그들이 진무원을 향해 다가왔다.

무기도 들지 않은 맨주먹이었지만, 그들에게서는 무시할 수 없는 기운이 발산되고 있었다.

진무원의 시선이 그들의 주먹을 향했다.

마치 거북이 등껍질처럼 쩍 갈라진 주먹에는 굳은살이 박여 있고 손톱은 푸른색으로 물들어 있었다.

'청문일월권(靑文日月拳).'

옛 북천문의 절기인 청문일월권을 극성으로 익히면 손톱이 파랗게 물든다. 천하에 수많은 무공이 존재하지만, 손톱이 파랗게 물드는 무공은 그것 하나밖에 없었다.

청문일월권은 밀야와의 전쟁이 한창일 때 효율적인 살상을 위해 만들어진 권이었다.

수십 가지의 독물을 혼합해 특수 약물을 만들고, 그 속에 주먹을 담가 독기를 흡수시킨다. 그런 후에 독문의 심공을 익히게 되면 두 주먹은 강철보다 단단해지면서 그 자체로 무서운 흉기가 된다.

전장에서 막강한 위력을 발휘하지만 청문일월권에는 한 가지 치명적인 단점이 존재했다. 시간이 흐를수록 주먹의 독기가 뇌를 침범해 점차 광기에 물들어간다는 것이다.

청문일월권을 익힌 자에겐 오직 두 가지의 최후밖에 없다고 했다.

전장에서 죽거나, 혹은 미쳐 죽거나.

실제로 광증이 발동해 북천문에서 동료들을 닥치는 대로 학살하다가 죽은 무인이 부지기수였다.

그 때문에 북천문에선 청문일월권을 보완하려 했지만, 결국 포기하고 금기 무공으로 정해 봉인했다. 그렇게 수십 년을 잊혀 있던 무공이 바로 청문일월권이다.

'숙부, 기어이 끝까지 가보려는 겁니까?'

청문일월권의 부작용을 알면서도 부하들에게 익히게 했다는 것은 조천우의 야망이 그만큼 크다는 것을 의미했다.

조천우는 광천대의 무인 전원에게 청문일월권을 익히게 했다. 비록 부작용은 있지만, 그만큼 속성으로 강해지는 것이 가능했고, 사람을 죽이는 데 효율적이기 때문이었다.

"놈, 죽어랏!"

광천대의 무인들이 달려들었다. 몇 명은 진무원에게, 또 몇 명은 청인과 곽문정에게 달려들었다.

"젠장할!"

청인이 급한 대로 비수를 꺼내 들고 광천대의 무인들을 상대했다. 곽문정 또한 적아를 꺼내 스스로를 보호했다.

카카캉!

맨주먹과 무기가 부딪치는데 불꽃이 튀고 쇳소리가 울려 퍼졌다.

진무원에게도 세 명의 남자가 공격해 왔다.

쉬쉬쉭!

그들의 주먹이 공기를 가르며 진무원의 전신 요혈을 노렸다. 일말의 자비도 없는 살인적인 공격이다. 그들은 청문일월 권 중에서도 가장 극강한 위력을 자랑하는 살초만을 사용하고 있었다.

진무원의 눈에 처음으로 살기가 떠올랐다.

과거의 악연이 그의 발목을 붙잡고 있다.

아무리 외면하고 모른 척 지나치려 해도 족쇄가 되어 그를 벗어날 수 없는 늪으로 끌어들이고 있었다.

"이것도 운명인가?"

"무슨 헛소리를 하는 것이냐, 놈?"

광천대 무인들이 진무원을 비웃었다. 그런 그들의 모습에선 무인의 긍지나 명예는 찾아볼 수 없었다.

진무원이 설화를 잡은 손에 힘을 주었다.

광천대 무인들이 발산하는 권기가 그를 향해 해일처럼 밀려왔다.

순간 설화가 허공을 그었다.

쉬가악!

"……"

소름 끼치는 파공성이 흘러간 후 거짓말처럼 정적이 찾아왔다. 청인과 곽문정을 공격하던 광천대 무인들조차도 알 수 없는 불안감에 몸이 굳어 두 눈만 끔뻑거렸다.

스릉!

진무원이 설화를 검집에 집어넣으며 자신을 공격하던 광천대 무인들 사이를 걸어갔다.

후두둑!

광천대 무인들의 몸이 거짓말처럼 무너져 내렸다. 그 비현실적인 모습에 청인과 곽문정을 공격하던 광천대 무인들은 자신도 모르게 숨을 죽였다.

전장에 새로운 바람이 불기 시작했다.

진무원이라는 바람이.

＊　　　＊　　　＊

그곳은 무척이나 어두웠다. 그나마 천장에 박힌 야명주가 흐릿한 빛을 흩뿌리지 않았다면 바로 앞에 있는 벽도 구별할 수 없을 정도였다.

그 안에 금단엽이 서 있었다. 칠흑 같은 어둠도 그의 시야를 가릴 수는 없었다. 그는 차갑게 굳은 표정으로 어둠 너머를 바라보고 있었다.

"흐으!"

그곳에서 기괴한 신음성이 흘러나오고 있었다. 신음성은 벽에 부딪쳐 메아리치면서 더욱 크게 증폭되고 있었다.

"미안하단 말은 하지 않겠습니다."

그가 알 수 없는 말을 읊조리며 몸을 돌릴 때 어둠 속에서 누군가 나타나 부복했다.

"주군!"

전신이 땀과 피로 범벅이 된 남자는 암시장의 윤문천이었다. 설풍대의 추격에 쫓기던 그가 금단엽 앞에 나타난 것이다.

"윤 당주."

"주군, 돌아왔습니다."

"윤 당주가 고생이 많군요."

"아닙니다, 주군. 제가 당연히 해야 할 일입니다."

윤문천이 바닥에 머리를 찧었다. 이마가 깨지면서 피가 사방으로 튀었지만 그는 개의치 않았다.

금단엽을 바라보는 그의 시선에는 무한한 경외와 존경의

염이 담겨 있었다.

"그대들에겐 미안합니다. 나 개인의 의지 때문에 당신들에게 너무나 가혹한 길을 걷게 만들었습니다."

"그런 말 하지 마십시오. 저희는 주군의 결정을 누구보다 존경하고 따릅니다. 주군의 뜻이야말로 저희의 뜻입니다. 잠들어 있는 밀야를 깨울 분은 오직 주군밖에 없습니다. 그에 자그마한 밀알이라도 될 수 있는 걸로 저희는 충분히 만족합니다."

"윤 당주."

"지금은 남 단주님께서 저들을 막고 있지만, 그들의 수가 너무 많습니다. 곧 패권회의 추적자들이 들이닥칠 겁니다. 어서 자리를 피하십시오."

윤문천의 말에 금단엽이 서글픈 미소를 지었다.

"나는 피하지 않을 겁니다."

"주군!"

"여러분에게 말하지 않은 것이 있습니다. 우리가 어떤 일을 벌이든 간에 밀야는 절대 움직이지 않을 겁니다. 이미 밀야는 움직일 동력과 명분을 잃었으니까요."

밀야는 기력을 잃은 거인이었다. 금단엽은 그 누구보다 그 사실을 잘 알고 있었다.

"하나 그분들도 주군의 뜻을 알면……."

"지금 밀야에는 큰 충격이 필요합니다. 그래야만 백야선자를 비롯한 사대마장이 움직입니다. 그들이 움직이면 밀야 역시 긴 잠에서 깨어나게 될 겁니다."

"주군!"

"그래서 나는 피할 수 없습니다. 누가 뭐래도 이 계획을 세우고 진행하는 것은 나의 몫. 그에 따른 위험부담도 모두 내가 감당해야 합니다."

우웅!

언제부턴가 금단엽의 몸에서는 패도적인 기세가 절로 발산되고 있었다. 그의 몸에서 흘러나온 기세는 벽에 부딪치면서 더욱 증폭되었다.

"윤 당주!"

"말씀하십시오, 주군."

"저들을 맞이할 준비를 하십시오."

"알겠습니다."

"그리고……."

"예?"

"아닙니다. 준비하십시오."

"예, 주군. 그럼……."

대답과 함께 윤문천이 물러났다.

금단엽의 시선이 아까 신음성이 흘러나오던 곳으로 향했다.

"진무원."

단 한 번을 만났을 뿐이지만, 그만큼 강렬한 인상으로 남아 있는 남자이다.

자신의 천리영음에 유일하게 답한 무인. 평범하게 만났다면 분명 좋은 지기가 되었을 것이다. 그러나 그러기에는 늦었다.

"난세를 부르리라."

난세는 혼돈을 불러오고, 혼돈은 잠들어 있는 모든 것을 깨울 것이다. 그러기 위해서는 수많은 이의 죽음과 충격이 필요했다.

"이곳이 확실한가?"

엽평이 백가장원(白家莊園)이라는 현판을 올려다보며 입을 열었다. 백가장원은 중앙에 있던 고관대작이 은퇴한 이후 지은 장원으로 옥계에 알려져 있었다. 무림과 아무런 연관이 없기에 패권회의 관심에서 비껴나 있던 곳이기도 했다.

설풍대주 율경천이 대답했다.

"확실합니다. 그의 흔적이 이곳으로 이어졌습니다."

"뜻밖의 장소에 토끼 굴을 마련해 두었군."

엽평이 차가운 미소를 지었다.

이곳을 찾아내기 위해 그 난리를 쳤다. 그들과 패권회의 싸움에 휩쓸려 죽은 백성의 수만, 수백이 넘었다. 나중에 막대한 부담으로 돌아올 수밖에 없는 상황이었다.

"운중천이 개입하기 전에 이 사태를 끝내야 하네. 자칫하다가는 주군에게 막대한 부담이 될 수도 있음이야."

다행히 아직 운중천에서 파견한 무인들이 도착하지 않았다. 만일 그들이 옥계에 상주하고 있었다면 이 미친 계획을 실행할 수 없었을 것이다.

율경천이 엽평과 비슷한 미소를 지었다.

"물론입니다, 통주."

"놈들이 어떤 준비를 하고 있는지 기대되는군."

"후후! 어떤 준비를 했더라도 우리를 막을 수는 없을 겁니다."

"시작하게."

"옛!"

대답과 함께 율경천이 고갯짓을 했다. 그러자 대기하고 있던 설풍대와 무인들이 일제히 백가장원의 담을 넘기 시작했다.

"와아아!"

그들의 함성 소리가 백가장원 안에 울려 퍼졌다. 백가장원 안에서 기다리고 있던 무인들이 그들을 맞이했다.

백가장원 안에 쇳소리와 고함성이 메아리쳤다.

광기가 지배하는 살육의 밤은 아직 끝나지 않고 이어지고
있었다.

*   *   *

임수광이 허탈한 표정으로 주위를 둘러보았다.

폐허가 되다시피 한 옥계의 처참한 모습에 눈을 질끈 감고
싶었다. 이 사태의 주범이 패권회라고 생각하니 더욱 참담해
졌다.

"부끄럽구나. 이 꼴을 보려고 회주를 따라 이곳까지 온 것
인가?"

임수광은 어떤 목적의식도 없이 터덜터덜 걸었다. 축 늘어
진 어깨가 그를 더욱 초라하게 만들고 있었다. 양손에 낀 은
린살갑이 한없이 무겁게만 느껴졌다.

그가 문득 고개를 들어 북쪽 하늘을 올려다봤다. 아직도 어
둠은 사위를 지배하고 있고, 악몽 같은 밤은 끝나지 않았다.

"문주님."

지난 십 년 동안 거의 잊고 지내던 얼굴이 떠올랐다.

북벽(北壁)이라는 위대한 별호로 불리던 남자. 누구보다 강
인했으며, 정도가 아니면 걷지를 않던 그 남자의 얼굴이 아른
거렸다.

"그때는 왜 그를 믿지 못했을까? 그가 밀야와 내통할 사람이 아니란 것을 누구보다 잘 알고 있으면서 왜 그를 외면했을까? 어리석구나, 수광아. 임수광아, 너는 정말 눈을 감고 귀를 막고 있었구나."

조천우의 달콤함 말에 흔들린 자신의 귀를 후벼 파고 싶었다.

알면서도 외면했다. 알면서도 더 이상 북방에서 무거운 짐을 지기 싫었기에 북천사주의 의견에 동조했다.

그것은 결코 씻을 수 없는 원죄. 그가 평생을 안고 가야 할 무거운 업보였다.

"아악!"

그 순간 여인의 날카로운 비명 소리가 울려 퍼졌다. 임수광은 자신도 모르게 그곳으로 달려갔다.

중년의 무인이 아직 어려 보이는 소녀의 어깨에 검을 찔러 넣은 채 후벼 파고 있다.

"막 대주, 이게 무슨 짓인가?"

임수광의 노성에 중년의 무인이 고개를 들었다. 그러자 세모꼴 얼굴에 눈이 양옆으로 찢어진 쥐 상의 얼굴이 보였다.

철령대주 막굉.

이곳에 투입된 세 개의 조직 중 하나인 철령대를 이끄는 무인이 막굉이었다.

"임 장로님이시군요."

"무슨 짓이냐고 물었네."

"이 계집 또한 무인입니다. 우리 패권회를 위협하는 존재지요."

"그렇다면 단숨에 숨을 끊을 것이지 그렇게 괴롭힐 게 무에 있는가?"

"그러면 안 됩니까?"

막쾽이 비릿한 미소를 지었다. 그의 명백한 조소에 임수광이 미간을 잔뜩 찌푸렸다. 그의 발언이 도를 넘어섰다고 생각했기 때문이다.

"자네……."

"임 장로님의 문제가 뭔지 압니까? 그건 바로 낄 곳 안 낄 곳을 구분하지 못한다는 겁니다. 그 때문에 회주님께서도 임 장로님을 껄끄럽게 생각하시지요."

"자네, 말이 심하군."

"심하긴요."

막쾽이 허리를 펴며 가볍게 검을 휘둘렀다. 그러자 소녀가 새된 비명과 함께 목에서 피를 뿌리며 쓰러졌다. 그 모습에 임수광이 분노로 몸을 떨었다.

"회주께서 왜 임 장로님을 이곳으로 보내신지 아십니까?"

"자네, 무슨 말을 하는 건가?"

"그분께서도 임 장로님이 부담스러운 겁니다."

"그런 말도 안 되는……."

부인은 했지만 임수광은 막굉의 말이 사실일 거라고 생각했다. 생각해 보면 장로인 자신이 굳이 이곳에 당기문 등을 호위해 올 이유가 없었다. 그리고 그에게 당기문의 호위를 부탁한 자는 다름 아닌 조천우였다.

막굉이 싱글싱글 웃으며 임수광을 향해 다가왔다. 막굉의 주위에는 어느새 철령대의 무인들이 하나둘씩 모여들고 있었다. 그 모습에 임수광이 탄식을 토해냈다.

"회주가 돌아올 수 없는 선을 넘었구나."

"그래서 임 장로님이 더 부담스러우신 거죠. 이제 사실을 아셨으니 순순히 저세상으로 가주셨으면 좋겠습니다."

스릉!

철령대의 무인들이 일제히 무기를 꺼내 들었다.

임수광이 잠시 눈을 질끈 감았다.

"토사구팽 당해도 할 말이 없구나. 하나 그냥 순순히 당하지만은 않을 터."

"쯧! 고통스러운 죽음을 택하시려나 보군요."

막굉이 혀를 차며 고갯짓을 했다. 그러자 철령대의 무인들이 일제히 임수광을 향해 달려들었다.

진무원은 말없이 길을 걸었다. 그의 뒤를 청인과 곽문정이 숨을 죽인 채 뒤따랐다. 특히 청인의 얼굴은 새하얗게 질려 있었다.

옥계에서 벌어지고 있는 사태도 충격적이었지만, 진무원의 가공할 무위는 그에게 한줄기 공포심마저 심어주었다.

'천하에 저런 검객이 존재했다니.'

흑월의 비월로 활동하면서 천하의 수많은 무인을 감시해 온 청인이지만, 맹세코 진무원과 같은 무인은 처음이었다.

단순히 무위의 문제가 아니었다.

진무원의 몸에서 흘러나오는 특유의 분위기와 기세는 상대가 채 덤벼들기도 전에 전의와 예봉을 꺾어놓았다. 덤볐다가는 영혼까지 베일 것 같은 섬뜩함이 상대를 진저리치게 만드는 것이다.

그에 천하의 청인마저 몸서리치며 진무원의 눈치를 살피고 있었다.

그때 진무원의 걸음이 멈췄다.

청인의 눈이 절로 진무원의 시선이 향한 곳으로 돌아갔다. 그곳에 형체를 알아볼 수 없는 혈인이 벽에 기댄 채 겨우 숨을 이어가고 있는 모습이 보였다.

진무원이 혈인 앞에 한쪽 무릎을 꿇었다. 그러자 혈인이 가쁜 숨을 몰아쉬며 힘겹게 눈을 떴다.

"자…… 네군."

"임 대협."

혈인은 바로 임수광이었다. 그가 치명상을 입은 채 죽어가고 있었다. 그의 주위에는 철령대의 무인 십여 명이 쓰러져 있었다. 하지만 어디서도 막쾡의 모습은 보이지 않았다.

"정말 자네의 이…… 름이 진무원 맞는가?"

진무원이 말없이 고개를 끄덕였다.

"혹시 내가 아는 그 진무원인가?"

임수광의 질문에 진무원의 눈동자가 흔들렸다. 임수광의 질문이 무엇을 뜻하는지 모를 그가 아니었다.

임수광은 돌아올 수 없는 죽음의 문턱을 넘은 상태였다. 그 사실을 임수광도 알고 있었다. 그런데도 절박한 눈으로 진무원을 바라보고 있었다.

"제발……."

그는 진무원이 자신이 알고 있는 그이길 간절히 바랐다. 그의 일념이 진무원에게 전해졌다.

진무원이 탁한 음성을 토해냈다.

"맞습니다. 어린 시절 임 대협이 저에게 심심파적으로 무공의 기초를 알려주곤 했지요."

순간 임수광이 몸을 떨었다.

"아아! 다행이네. 정말 다행이네. 그리고…… 미안하네. 정말 미안하네. 나는…… 천고의 죄인, 죽어서도 진 문주에게 사죄를 하겠네."

임수광의 목소리가 점차 작아졌다. 그에 진무원이 귀를 그의 입에 바싹 갖다 댔다.

"부탁…… 일세. 제발 회주의 폭주를 막아주게. 제발 이 지옥 같은 밤을 끝내…… 오직 자…… 네만이 그럴 자격……."

임수광의 말이 끊어졌다. 절명한 것이다. 그는 죽어서도 눈을 편히 감지 못했다.

진무원이 손을 뻗어 임수광의 눈을 감겨줬다.

*　　　*　　　*

엽평이 이끄는 무인들은 그야말로 파죽지세로 백가장원을 점령해 갔다. 그리고 지하로 향하는 비밀 통로를 발견했다.

엽평은 설풍대를 앞세워 비밀 통로로 들어갔다.

"분명 놈들의 지휘부가 이곳에 있을 것이다. 한 놈도 놓쳐서는 안 될 것이네."

"이미 외부는 저희 측 무인들이 점거하고 있습니다. 놈들은 절대 빠져나갈 수 없습니다."

"으음!"

율경천의 대답에 엽평이 만족스러운 미소를 지었다.

이제 이곳에서 저들의 정체를 밝혀내고 토벌을 완료하면 패권회는 반석에 오르게 될 것이다. 덤으로 그들에게 납치된 상인들을 구해내면 그 누구도 패권회를 비난하지 못할 것이다.

그때 누군가의 급박한 목소리가 들려왔다.

"통주님, 여기 좀 보십시오."

엽평과 율경천이 수하가 가리킨 곳을 바라봤다. 횃불을 비추자 어둠 속에 가려져 있던 철창이 모습을 드러냈다. 그리고 철창 안쪽에서 몸을 웅크린 채 앉아 있는 몇몇 사람의 모습이 보였다.

"크으으!"

두 눈이 붉게 충혈된 채 이쪽을 노려보는 그들의 모습에 엽평이 눈을 찌푸렸다. 율경천이 그들을 자세히 살펴보더니 한마디 했다.

"납치된 상인들 중 일부 같습니다."

"정말인가?"

"확실합니다. 저기 가장 안쪽에 있는 자는 저도 일면식이 있습니다."

"그런데 그들이 왜 이 꼴이란 말인가?"

이쪽을 바라보는 그들의 모습이 흡사 짐승 같았다.

"설마 이들도 광증이 발작한 것인가?"

"아무래도 그런 것 같습니다."

"으음!"

엽평의 표정이 심각하게 변했다. 아직 광증의 원인이 무엇인지 밝혀내지 못한 상태이다. 그런 상황에서 납치된 상인들마저 광증에 걸렸다면 그야말로 큰 문제였다.

"크으으!"

광인이 된 상인들이 철창을 쾅쾅 두들겼다. 하지만 철창은 튼튼해서 그들의 발작에도 견고하게 버텼다.

"이 문제는 차후 생각하기로 하지. 우선은 배후자를 처리하는 게 우선일세."

"옛!"

대답과 함께 율경천이 앞장을 섰다. 그를 뒤따르면서도 엽평은 자꾸 뒤를 돌아봤다. 못내 광인이 된 상인들이 마음에 걸렸기 때문이다. 왠지 자신이 알지 못하는 어떤 이유가 이면에 존재하는 것 같았다.

'일단 사태를 수습한 후 자세히 조사해 보면 되겠지.'

그는 애써 스스로를 설득하며 율경천의 뒤를 따랐다.

복도에 숨어 있던 적들이 습격해 왔지만, 그때마다 율경천과 설풍대가 나서서 무찔렀다. 그리고 마침내 그들은 기나긴 복도 끝자락에 도착했다.

한눈에 보기에도 단단해 보이는 거대한 철문이 그들의 앞을 막아서고 있었지만, 율경천의 일검에 두 동강이 났다.

쿵!

무너진 철문 뒤로 거대한 공터가 보였다. 지하에 이런 공간이 있다는 것이 쉽게 믿기지 않을 정도로 공터는 거대하면서도 드넓었다. 그 한가운데 금단엽과 일단의 무인들이 있었다.

쾅!

그 순간 공터 반대쪽에 있던 철문들이 부서지며 일단의 무인이 난입했다. 철령대와 광천대의 무인들이었다.

그 모습에 엽평이 웃었다.

"호호! 이걸로 너희의 운명이 결정됐군."

엽평의 시선이 금단엽을 향했다. 이제껏 얼굴 한 번 본 적이 없는 사이지만, 본능적으로 그가 이 모든 사태를 배후 조종했다는 사실을 알아차린 것이다.

패권회의 무인들이 금단엽 등을 포위했다. 그런데도 금단엽의 표정에는 별반 변화가 없었다. 오히려 그의 입가에는 옅은 조소가 떠올라 있었다.

"결국 여기까지 찾아왔군요. 그 노력과 열정에 경의를 표합니다."

"흥! 감히 패권회의 영역에서 이딴 짓을 벌이고도 무사할 줄 알았던가?"

"언제부터 운남이 패권회의 영역이 되었습니까?"

"십 년 전부터 운남은 패권회의 것이었다."

"북천문을 운중천에 팔아먹은 대가로 말이죠?"

금단엽의 조롱 섞인 말에 엽평의 얼굴이 일그러졌다.

그뿐 아니라 북천사주에게 북천문은 역린이나 마찬가지였다. 그 때문에 내부에서조차 북천문에 대해 언급하는 것이 금기시되고 있을 정도였다.

엽평이 소리쳤다.

"시끄럽다! 네놈들의 목적이 무엇이든 간에 이젠 모든 것이 물거품이 되었다! 그러니 순순히 항복하는 것이 일신에 좋을 것이다!"

"그건 어렵겠군요. 겨우 이 정도로 끝내려고 이번 일을 계획한 것이 아니라서 말이죠."

"아직도 이곳에서 벗어날 수 있다는 헛된 꿈을 꾸고 있는 것은 아니겠지?"

"후후! 애당초 나는 이곳을 벗어날 생각이 없었습니다."

금단엽의 입가에 어린 미소가 짙어졌다. 순간적으로 섬뜩한 느낌이 들었지만, 엽평은 애써 무시했다.

"결국 권주를 마다하고 벌주를 택하겠다는 건가?"

"무언가 잘못 알고 있는 것 같군요. 당신들에겐 그럴 자격이 없습니다. 그럴 만한 능력이 있다고 생각하지도 않습니다.”

“뭣이?”

엽평이 발끈했지만 금단엽은 아랑곳하지 않았다.

처음 계획을 세우고 몇 날 며칠을 잠을 자지 못했다. 어차 피 그에겐 다른 선택지가 존재하지 않았다. 그래도 고민한 것 은 인간이길 포기하고 싶지 않았기 때문이다.

그가 걷고자 하는 것은 비인지도(非人之道).

인간을 벗어나 짐승이 될 수밖에 없는 길이었다.

하지만 수십 번, 수백 번을 생각해도 그가 내린 결론은 항 상 똑같았다.

‘그들이 우리에게 행한 악마 같은 짓을 그들에게 고스란히 돌려주는 것. 그래서 잠들어 있는 밀야를 깨우는 것만이 나의 진정한 사명이다.’

금단엽이 입술을 질근 깨물었다.

그가 엽평을 바라보며 말했다.

“철창에 갇혀 있던 광인들을 보았습니까?”

“……”

“그런데도 궁금하지 않았습니까? 그들이 왜 광인이 되었는 지? 나머지 상인과 보표들은 또 어디 있는지 말입니까?”

엽평의 눈썹이 꿈틀거렸다.

아까부터 무언가가 그의 신경을 불안하게 건들이고 있었

다. 그런데도 불안감의 실체가 무엇인지 명확히 떠오르지 않았다.

그 순간에도 금단엽의 말은 계속 이어지고 있었다.

"나는 그대로 돌려주려고 합니다. 수십 년 전 여러분이 우리에게 했던 짓을."

"무슨 개소리를 하는 것이냐?"

"당신에겐 한낱 개소리로 들릴 수도 있겠군요. 뭐, 이해합니다. 어차피 당신 역시 반상 위의 사석에 불과할 테니까. 한 가지 아쉬운 점이 있다면 이 자리에 당신 대신 조천우가 있어야 하는데, 그것까지 바라는 것은 분에 넘치는 과욕인 것 같군요."

금단엽이 손을 들었다. 그러자 어둠 속 곳곳에서 괴인들이 불쑥불쑥 몸을 일으켰다.

"크흐흐!"

괴인들의 눈은 어둠 속에서도 붉게 빛나고 있었다. 그들은 찢어지고 해진 옷을 입은 채 짐승 같은 울음소리를 흘리고 있었다.

'광인들?'

엽평이 미간을 찌푸리는 찰나 광인들이 패권회의 무인들을 공격하기 시작했다.

설풍대주 율경천이 그에 맞서 명령을 내렸다.

"모두 죽여랏."

"하지만……."

몇몇 무인이 망설였다. 광인들 중 상당수가 실종되었던 상단의 사람들이란 사실을 알았기 때문이다. 하지만 율경천은 가차 없었다.

"어차피 그들 역시 모두 적이다! 모조리 죽여라!"

결국 패권회의 무인들이 그의 말을 따라 광인들을 죽이기 시작했다. 광중 때문에 몇 배나 힘이 세어진 광인들이었지만, 제대로 된 무공을 익힌 무인들을 당할 수는 없었다.

광중이 아니었으면 일반 백성이나 다름없는 사람들이었다. 그런 이들을 죽인 것이 알려지면 패권회는 지탄을 면치 못할 것이다.

더구나 저들 중 상당수가 십대상단에 속해 있다는 사실을 감안하면 패권회는 고립무원의 처지에 처할 가능성이 상당히 컸다. 일반 백성들은 아무런 거리낌 없이 베어 넘길 수 있었지만, 십대상단 소속의 상인이라면 그들도 막대한 부담을 가질 수밖에 없었다.

"간악한 놈들!"

그들의 의도를 눈치챈 엽평이 치를 떨었다. 하지만 지금 이 순간 그에겐 선택의 여지가 없었다.

장내는 아수라장이 되었다. 광인들과 패권회의 무인들이

뒤엉켜 피를 튀기며 싸우고 있다.

전력은 패권회가 우위였지만, 숫자는 광인들이 배 이상 많았다. 그러다 보니 패권회의 무인들도 피해를 입지 않을 수 없었다.

율경천의 눈에 살기가 번뜩였다.

"감히 버러지 같은 것들이⋯⋯."

그의 검이 허공을 가를 때마다 광인들이 피를 뿌리며 쓰러졌다. 그의 검에는 추호의 자비도 용서도 없었다.

그는 닥치는 대로 광인들을 베어내며 금단엽을 향해 다가갔다. 반대쪽에서는 철령대주 막굉이 움직이고 있었다. 그들의 목표는 오직 한 명, 금단엽뿐이었다.

어느 한쪽이 완전히 전멸해야만 끝날 싸움이었다. 광인이나 패권회의 무인들이나 이미 인간의 영역을 벗어나 있었다. 연이어 계속된 싸움은 그들의 이성을 마비시켰고, 강렬한 혈향은 광기를 더욱 증폭시켰다.

금단엽의 눈빛이 더욱 깊이 침잠됐다.

'눈에는 눈, 그것이 강호의 율법.'

후회나 미련 따윈 잠시 버려두기로 했다. 지금의 그에겐 허용되지 않는 감정이었으니까.

그때였다.

후우웅!

갑자기 패권회의 무인들이 들고 있던 검이 울기 시작했다. 마치 흐느끼듯 시작한 울음은 이내 청명한 검명(劍鳴)으로 변했다.

"이게 무슨?"

검을 든 자들의 얼굴에 당혹성이 떠올랐다.

그들의 의지와 상관없이 검들이 일제히 울음을 토해내고 있었다. 검 하나하나의 울음은 미약했지만, 수십 개의 울음이 합쳐지니 호랑이의 포효보다 크고 용의 울음보다 더 웅혼했다.

"크윽!"

검의 노래에 광인들이 주춤거리며 어찌할 바를 몰라 했고, 패권회의 무인들이 귀를 막고 물러섰다.

그들 사이를 한 남자가 걸어오고 있었다.

우웅! 우우웅!

남자가 지나갈 때마다 근처에 있던 검들이 더욱 크게 울음을 터뜨렸다. 마치 검들이 남자를 경외하고 그를 위해 노래하는 것 같았다.

엽평과 금단엽이 눈을 크게 치떴다.

"당신은?"

그가 마침내 엽평과 금단엽 사이에 멈춰 섰다. 그러자 거짓말처럼 검명이 뚝 끊기고 장내에는 정적이 찾았다.

누구 한 명 숨소리도 내지 않았다. 그들은 마치 최면에 걸린 것처럼 남자의 모습에서 시선을 떼지 못했다.

그가 포효했다.

"난세를 꿈꾸는가? 그렇다면 나를 넘어서라."

검을 지배하는 자, 그는 진무원이었다.

『북검전기』 5권에 계속…

허담 新무협 판타지 소설

FANTASTIC ORIENTAL HEROES

신력을 타고났으나 그것은 축복이 아닌 저주였다.

『십자성 - 전왕의 검』

남과 다르기에 계속된 도망자의 삶.
거듭된 도망의 끝은 북방 이민족의 땅이었다.
야만자의 땅에서 적풍은 마침내 검을 드는데⋯⋯!

"다시는 숨어 살지 않겠다!"

쫓기지 않고 군림하리라!
절대마지 십자성을 거느린
적풍의 압도적인 무림행이 시작된다!

Book Publishing CHUNGEORAM

유행이 아닌 자유추구 -
WWW.chungeoram.com

검자 新무협 판타지 소설
FANTASTIC ORIENTAL HEROES

목탁

해적으로 바다를 누비던 청년,
절해고도에 표류해… 절대고수를 만나다!

"목탁은 중생을 구제하는
좋은 이름일세"

더 이상 조무래기 해적은 없다!
거칠지만 다정하고, 가슴속 뜨거운 것을 품은

목탁의 호호탕탕 강호행에
무림이 요동친다!

Book Publishing CHUNGEORAM

유행이 아닌 자유추구
WWW.chungeoram.com

연기의 신

FUSION FANTASTIC STORY

서산화 장편소설

GOD OF ACTING

PRODUCTION

DIRECTOR .

CAMERA

DATE | SCENE | TAKE

무대, 영화, 방송…
모든 '연기'의 중심에 서다!

『연기의 신』

목소리를 잃고 마임 배우로 활동하던 이도원은
계획된 살인 사건에 휘말려 비참한 죽음을 맞이한다.
그런 그에게 주어진 특별한 기회, 타임 슬립.

"저는 당신의 가면 속 심연을 끌어내는 배우입니다."

이제 그의 연기가 관객을 지배한다!
20년 전으로 되돌아가 완전한 배우로서의
삶을 꿈꾸는 이도원의 일대기!

Book Publishing CHUNGEORAM

유행이 아닌 자유추구 -
WWW.chungeoram.com